Emma Sophia Buchheim

German Poetry for Beginners

a graduated collection of easy poems for repetition from modern German poets -

with English notes and a complete vocabulary

Emma Sophia Buchheim

German Poetry for Beginners
a graduated collection of easy poems for repetition from modern German poets - with English notes and a complete vocabulary

ISBN/EAN: 9783337392031

Printed in Europe, USA, Canada, Australia, Japan

Cover: Foto ©Andreas Hilbeck / pixelio.de

More available books at **www.hansebooks.com**

Clarendon Press Series

GERMAN POETRY FOR BEGINNERS

E. S. BUCHHEIM

London
HENRY FROWDE

OXFORD UNIVERSITY PRESS WAREHOUSE
AMEN CORNER, E.C.

Clarendon Press Series

GERMAN POETRY FOR BEGINNERS

A GRADUATED COLLECTION

OF

EASY POEMS FOR REPETITION

FROM MODERN GERMAN POETS

EDITED

WITH ENGLISH NOTES AND A COMPLETE VOCABULARY

BY

EMMA S. BUCHHEIM

EDITOR OF

THE CLARENDON PRESS EDITION OF 'NIEBUHR'S HEROEN-GESCHICHTEN'

AND OF 'CHAMISSO'S PETER SCHLEMIHL'

Oxford

AT THE CLARENDON PRESS

1889

PREFACE.

THERE can be no doubt that, for those who wish to acquire a foreign tongue, it is a very desirable thing to commit to memory and read aloud or recite poetical pieces in the language which they are studying. It is not only because the learner is thus enabled to increase his vocabulary and to add to his knowledge of idiomatic expressions; for important as this is, something more is necessary before he will be enabled to speak with comparative fluency. We frequently hear the remark, 'I can read and write German, but I cannot speak it.' The fact is, that mere word-knowledge will rarely suffice to enable persons, who have not lived abroad, to express themselves with confidence in a foreign idiom. 'The mere reading aloud in the class, the repeating of single words and phrases, does by no means give that assurance, which is imparted to the learners by the process of reciting aloud, with proper emphasis and accentuation, a poem in the presence of others. This practice is acknowledged to be of great importance even in our own language, and is still more useful in a foreign tongue. The early learning of poetry affords also this advantage, that it makes the study of the foreign language at once more interesting, than it can be made by any other means; not to speak of the great intellectual benefit and enjoyment derived from an early and continuous cultivation of poetical taste in general[1].'

It was my father's intention to append a collection of poems to the first part of his *Modern German Reader*[2]; but for various reasons it was deemed advisable to issue a separate collection of poems which could either be used as a companion volume to the Reader, or might be used independently of it, and the task of editing this selection was confided to me.

I have endeavoured to make the present collection, as far as possible, a *graduated* one, and I have also included a number of new poems, not to be found, I believe, in similar selections. The majority of the pieces are extremely easy, but I have inserted some poems of a rather more difficult character, for the benefit of those who are endowed with a retentive memory, and who delight in learning by heart verses far beyond the average degree of difficulty. The ever-attractive play of *Rotkäppchen* has been added for the purpose of enabling young students of German to repeat poetry in the form of a dialogue. Those who have had any experience in class-teaching know what a pleasant change this kind of recitation makes

[1] From the Preface to 'German Poetry for Repetition,' edited with English Notes by Prof. C. A. Buchheim. Longmans.

[2] Modern German Reader. A Graduated Collection of Prose Extracts. With English Notes, a Grammatical Appendix, and a Complete Vocabulary. Part I. By Prof. C. A. Buchheim. Fifth Edition. Clarendon Press Series.

in the ordinary routine of school-work; and Tieck's *Rotkäppchen*, with its simple, homely language, is particularly well adapted for this purpose. In Germany the play is frequently acted in schools and private circles, the necessary stage arrangements presenting no difficulty.

The *Text* of this volume has been printed in clear large type, and the modern orthography has been introduced in the manner now prevalent in Germany.

As regards the editorial matter, it has been my principal aim to enable students to make out the meaning of the pieces, for a thorough understanding of a poem is the first requisite in learning it by heart[1]. As the book is intended for beginners, I have thought it right to provide abundant help, and I have therefore given, in the *Notes*, renderings of all difficult or idiomatic phrases and expressions, adding at the same time such grammatical explanations as are calculated to illustrate the *Text*, and the *Text* alone. To travel beyond this, I considered contrary to the task before me. On the whole, I must repeat, regarding the *Notes*, what I said in my preface to Chamisso's *Peter Schlemihl*, viz. that I have, with my father's permission, taken a number of his own notes from those of his works, published in the Clarendon Press Series, and that I have to the best of my ability used his annotations as models for my own.

The *Vocabulary* gives all the words contained in the

[1] Some exceedingly useful hints on the learning of poetry will be found in the Rev. R. H. Quick's excellent monograph, 'How to train the memory,' pp. 326-332.

Text, including the various forms of the strong or irregular verbs. The appended *Index* will, it is hoped, also be of service to those who may use this book, either for the learning of the poems, or for the purpose of merely reading them.

I have only to add, in conclusion, that I shall deem my labour amply rewarded if it contributes, in some degree at least, to impart to young English students a taste for German poetry, which is so much akin to the English, and so highly appreciated by the cultured in the great community all over the world.

E. S. B.

LONDON,
September, 1889.

TABLE OF CONTENTS.

First Part.

Second Part.

Third Part.

FOURTH PART.

GERMAN POETRY FOR BEGINNERS.

FIRST PART.

1.

Morgenlied.

Steht auf, ihr kleinen Kindelein!
Der Morgenstern mit hellem Schein
Läßt seh'n sich frei, gleich wie ein Held,
Und leuchtet in die ganze Welt.

Sei schön willkommen, lieber Tag!
Vor dir die Nacht nicht bleiben mag.
Leucht' uns in unser Herz hinein
Mit deinem goldnen Sonnenschein.

2.

Spatz und Katze.

„Wo wirst du denn den Winter bleiben?"
Sprach zum Spätzchen das Kätzchen.
„Hier und dorten, aller Orten,"
Sprach gleich wieder das Spätzchen.

„Wo wirst du denn zu Mittag essen?"
Sprach zum Spätzchen das Kätzchen.
„Auf den Tennen mit den Hennen,"
Sprach gleich wieder das Spätzchen.

„Wo wirst du denn die Nachtruh' halten?"
Sprach zum Spätzchen das Kätzchen.
„Laß dein Fragen, will's nicht sagen,"
Sprach gleich wieder das Spätzchen.

„Ei, sag mir's doch, du liebes Spätzchen!"
Sprach zum Spätzchen das Kätzchen.
„Willst mich holen — Gott befohlen!"
Fort flog eilig das Spätzchen.

Hoffmann von Fallersleben.

3.

Vergißmeinnicht.

Es blüht ein schönes Blümchen
Auf uns'rer grünen Au';
Sein Aug' ist wie der Himmel,
So heiter und so blau.

Es weiß nicht viel zu reden,
Und alles, was es spricht,
Ist immer nur dasselbe,
Ist nur: Vergißmeinnicht.

Hoffmann von Fallersleben.

4.

Lied vom Winde.

Sausewind! Brausewind,
Dort und hier!
Deine Heimat sage mir!
„Kindlein, wir fahren
Seit viel vielen Jahren

Durch die weit weite Welt,
Und möchten's erfragen,
Die Antwort erjagen,
Bei den Bergen, den Meeren,
Bei des Himmels klingenden Heeren,
Die wissen es nie.
Bist du klüger als sie,
Magst du es sagen.
Fort, wohlauf!
Halt uns nicht auf!
Kommen andre nach, unsre Brüder,
Da frag' wieder."

Mörike.

5.

Die traurige Geschichte vom dummen Hänschen.

Hänschen will ein Schlosser werden,
Sind zu heiß die Kohlen;
Hänschen will ein Schuster werden,
Sind zu hart die Sohlen;
Hänschen will ein Schneider werden,
Doch die Nadeln stechen;
Hänschen will ein Glaser werden,
Doch die Scheiben brechen;
Hänschen will Buchbinder werden,
Riecht zu sehr der Kleister,
Immer wenn er kaum begonnen,
Jagt ihn fort der Meister.

Hänschen, Hänschen, denke dran,
Was aus dir noch werden kann!

Hänschen hat noch viel begonnen,
Brachte nichts zu Ende;
Drüber ist die Zeit verronnen,
Schwach sind seine Hände;
Hänschen ist nun Hans geworden,
Und er sitzt voll Sorgen,
Hungert, bettelt, weint und klaget
Abends und am Morgen:
„Ach, warum nicht war ich Dummer
In der Jugend fleißig?
Was ich immer auch beginne,
Dummer Hans nur heiß ich.
Ach, nun glaub' ich selbst daran,
Daß aus mir nichts werden kann!"

R. Löwenstein.

6.

Schwalbenlied.

Aus fernem Land,
Vom Meeresstrand,
Auf hohen luftigen Wegen
Fliegst, Schwalbe, du
Ohne Rast und Ruh'
Der lieben Heimat entgegen.

O sprich, woher
Über Land und Meer

Hast du die Kunde vernommen,
Daß im Heimatland
Der Winter schwand
Und der Frühling, der Frühling gekommen?

Dein Liebchen spricht:
Weiß selber nicht,
Woher mir gekommen die Mahnung,
Doch fort und fort
Von Ort zu Ort
Lockt mich die Frühlingsahnung.

So ohne Rast,
In freudiger Hast,
Auf hohen, luftigen Wegen
Flieg' ich unverwandt
Dem Heimatland,
Dem lenzgeschmückten, entgegen.

Sturm.

7.

Beim Regen.

Liebe Sonne, scheine wieder,
Schein' die düstern Wolken nieder.
Komm mit deinem goldnen Strahl
Wieder über Berg und Thal.

Trockne ab auf allen Wegen
Überall den alten Regen!
Liebe Sonne laß dich sehn,
Daß wir können spielen gehn.

Hoffmann v. Fallersleben.

8.

Die Frösche.

Ein großer Teich war zugefroren,
Die Fröschlein, in der Tiefe verloren,
Durften nicht ferner quaken noch springen,
Versprachen sich aber im halben Traum,
Fänden sie nur da oben Raum,
Wie Nachtigallen wollten sie singen.
Der Thauwind kam, das Eis zerschmolz,
Nun ruderten sie und landeten stolz,
Und saßen am Ufer weit und breit
Und quakten wie vor alter Zeit.

Goethe.

9.

Schützenlied.

Mit dem Pfeil, dem Bogen,
Durch Gebirg' und Thal
Kommt der Schütz gezogen
Früh im Morgenstrahl.

Wie im Reich der Lüfte
König ist der Weih—
Durch Gebirg und Klüfte
Herrscht der Schütze frei.

Ihm gehört das Weite,
Was sein Pfeil erreicht;
Das ist seine Beute,
Was da fleugt und kreucht.

Schiller.

10.

Puppenlied.

Mutter, Mutter! meine Puppe
Hab' ich in den Schlaf gewiegt,
Gute Mutter, komm und siehe,
Wie so englisch sie da liegt.

Vater wies mich ab und sagte:
Geh', du bist ein dummes Kind;
Du nur, Mutter, kannst begreifen,
Welches meine Freuden sind.

Wie du mit den kleinen Kindern
Will ich alles mit ihr thun,
Und sie soll in ihrer Wiege
Neben meinem Bette ruh'n.

Schläft sie, werd' ich von ihr träumen,
Schreit sie auf, erwach' ich gleich—
Meine himmlisch gute Mutter,
O wie bin ich doch so reich!

Chamisso.

11.

Der Mond und die Sterne.

Wer hat die schönsten Schäfchen?
Die hat der goldne Mond,
Der hinter unsern Bäumen
Am Himmel drüben wohnt.

Er kommt am späten Abend,
Wenn alles schlafen will,
Hervor aus seinem Hause
Zum Himmel leis' und still.

Dann weidet er die Schäfchen
Auf seiner blauen Flur;
Denn all' die weißen Sterne
Sind seine Schäfchen nur.

Sie thun sich nichts zu Leide,
Hat eins das andre gern,
Und Schwestern sind und Brüder
Da droben Stern an Stern.

Hoffmann von Fallersleben.

12.

Sommerliedchen.

Sommer, o Sommer, du fröhliche Zeit!
Alles ist wieder mit Blumen bestreut.

Hüpfende Schäfchen, sie spielen im Feld,
Freuen sich alle der herrlichen Welt.

Falter und Lerchen durchfliegen den Raum,
Vögelein singen und springen im Baum.

Glänzende Mücken, die tanzen so fein,
Tanzen im goldigen, sonnigen Schein.

Danket, o Kinder, o danket dem Herrn,
Danket ihm freudig, o danket ihm gern!

13.

O, süße Mutter.

O, süße Mutter,
Ich kann nicht spinnen,
Ich kann nicht sitzen,
Im Stübchen innen,
Im engen Haus;
Es stockt das Rädchen,
Es reißt das Fädchen,
O süße Mutter,
Ich muß hinaus.

Der Frühling gucket
Hell durch die Scheiben;
Wer kann nun sitzen,
Wer kann nun bleiben
Und fleißig sein?
O, laß mich gehen,
Und laß mich sehen,
Ob ich kann fliegen
Wie Vögelein.

O laß mich sehen,
O laß mich lauschen,
Wo Lüftlein wehen,
Wo Bächlein rauschen,
Wo Blümlein blühn.

Laß sie mich pflücken,
Und schön mir schmücken
Die braunen Locken
Mit buntem Grün

Rückert.

14.

Die Lorelei.

Ich weiß nicht, was soll es bedeuten
Daß ich so traurig bin;
Ein Märchen aus alten Zeiten,
Das kommt mir nicht aus dem Sinn.

Die Luft ist kühl und es dunkelt,
Und ruhig fließt der Rhein;
Der Gipfel des Berges funkelt
Im Abendsonnenschein.

Die schönste Jungfrau sitzet
Dort oben wunderbar,
Ihr goldnes Geschmeide blitzet,
Sie kämmt ihr goldenes Haar.

Sie kämmt es mit goldenem Kamme
Und singt ein Lied dabei;
Das hat eine wundersame,
Gewaltige Melodei.

Den Schiffer im kleinen Schiffe
Ergreift es mit wildem Weh;
Er schaut nicht die Felsenriffe,
Er schaut nur hinauf in die Höh'.

Ich glaube, die Wellen verschlingen
Am Ende Schiffer und Kahn;
Und das hat mit ihrem Singen
Die Lorelei gethan.

Heine.

15.

Hab' Dank, du lieber Wind.

Ich bin in den Garten gegangen,
Und mag nicht wieder hinaus.
Die goldigen Äpfel prangen
Mit ihren roten Wangen
Und laden ein zum Schmaus.

Wie ist es anzufangen?
Sie sind zu hoch und fern.
Ich sehe sie hangen und prangen,
Und kann sie nicht erlangen,
Und hätte doch einen so gern.

Da kommt der Wind aus dem Westen
Und schüttelt den Baum geschwind,
Und weht herab von den Ästen
Den allerschönsten und besten.
Hab' Dank, du lieber Wind!

Hoffmann von Fallersleben.

16.

Wohlthun.

Wohlthaten, still und rein gegeben,
Sind Tote, die im Grabe leben,
Sind Blumen, die im Sturm bestehn,
Sind Sternlein, die nicht untergehn.

Claudius.

17.

Des Vogels Freude.

In blauer Luft
Über Berg und Kluft
Läßt du lustig dein Lied erklingen,
Schwebest hin und her
In dem blauen Meer,
Dir zu kühlen die luftigen Schwingen.

Wo die Welle saust,
Wo der Waldstrom braust,
Kannst du auf, kannst du nieder schweben;
So mit einem Mal
Aus der Luft ins Thal:
Ach, was führst du ein herrliches Leben!

Deinhardstein.

18.

Mein Kind, wir waren Kinder.

Mein Kind, wir waren Kinder,
Zwei Kinder, klein und froh;
Wir krochen ins Hühnerhäuschen,
Versteckten uns unter das Stroh.

Wir krähten wie die Hähne,
Und kamen Leute vorbei—
„Kikereküh!" sie glaubten,
Es wäre Hahnengeschrei.

Die Kisten auf unserem Hofe
Die tapezierten wir aus,
Und wohnten drin beisammen,
Und machten ein vornehmes Haus.

Des Nachbars alte Katze
Kam öfters zum Besuch.
Wir machten ihr Bückling' und Knixe
Und Komplimente genug.

Wir haben nach ihrem Befinden
Besorglich und freundlich gefragt:
Wir haben seitdem dasselbe
Mancher alten Katze gesagt.

Heine.

19.

Erinnerung.

Willst du immer weiter schweifen?
Sieh, das Gute liegt so nah.
Lerne nur das Glück ergreifen;
Denn das Glück ist immer da.

Goethe.

20.

Im Winter.

Kein Vöglein singt
Beim Abendrot,
Kein Käfer schwingt
Sich auf, und tot
In Hain und Flur
Liegt die Natur;
Die Wies' ist weiß,
Und starr der See,
Die Zweige sind Eis,
Die Blätter Schnee;
Das zittert im Ost,
Das ächzt vor Frost;
Zurück, und zu
Das Fenster! Hu,
Wie kalt ist's draußen im Wald!

Im Stübchen klein
Um des Ofens Glut,
Beim Lampenschein
Ist's so heimlich gut;
Da erwacht's und blüht
Aus tiefstem Gemüt
Zu Ernst und Scherz;
In Vertraulichkeit
Geht auf das Herz,
Geht unter die Zeit,
Bis die Rede stockt
Und auf's Lager lockt,
Zur süßesten Ruh
Der Schlummer. Hu,
Wie kalt ist's draußen im Wald!

G. Pfarrius.

21.

Rätsel.

Unter allen Schlangen ist eine,
Auf Erden nicht gezeugt,
Mit der an Schnelle keine,
An Wut sich keine vergleicht.

Sie stürzt mit furchtbarer Stimme
Auf ihren Raub sich los,
Vertilgt in einem Grimme
Den Reiter und sein Roß.

Sie liebt die höchsten Spitzen;
Nicht Schloß, nicht Riegel kann
Vor ihrem Anfall schützen.
Der Harnisch—lockt sie an.

Sie bricht, wie dünne Halmen,
Den stärksten Baum entzwei;
Sie kann das Erz zermalmen,
Wie dicht und fest es sei.

Und dieses Ungeheuer
Hat zweimal nie gedroht—
Es stirbt im eignen Feuer
Wie's tötet ist es tot!

Schiller.

22.

Waldlied.

Im Walde möcht' ich leben
Zur heißen Sommerzeit!
Der Wald, der kann uns geben
Viel Lust und Fröhlichkeit.

In seinen kühlen Schatten
Winkt jeder Zweig und Ast;
Das Blümchen auf den Matten
Nickt mir: Komm, lieber Gast!

Wie sich die Vögel schwingen
Im hellen Morgenglanz!
Und Hirsch und Rehe springen
So lustig wie zum Tanz.

Von jedem Zweig' und Reise,
Hör' nur, wie's lieblich schallt!
Sie singen laut und leise:
Kommt, kommt zum grünen Wald!

Hoffmann von Fallersleben.

23.

Der Jäger Abschied.

Wer hat dich, du schöner Wald,
Aufgebaut so hoch da droben?
Wohl den Meister will ich loben,
So lang noch mein' Stimm' erschallt.
Lebe wohl,
Lebe wohl, du schöner Wald!

Tief die Welt verworren schallt,
Oben einsam Rehe grasen,
Und wir ziehen fort und blasen,
Daß es tausendfach verhallt.
Lebe wohl,
Lebe wohl, du schöner Wald.

Was wir still gelobt im Wald,
Wollen's draußen ehrlich halten,
Ewig bleiben treu die Alten,
Bis das letzte Lied verhallt.
Lebe wohl,
Schirm' dich Gott, du schöner Wald.

Eichendorff.

24.

Schwalbenrat.

Die junge Schwalbe fliegt von Haus zu Haus,
Sie scheint der eignen Klugheit nicht zu trauen.
„Ihr Schwestern, kommt, sucht einen Ort mir aus,
Wo ich mein erstes Nest kann sicher bauen."

Und emsig zwitschernd fliegen sie herbei:
„Fast jedes Haus im Dorf hat seinen Gast,
Von allen Häusern bleiben dir nur zwei,
Die Hütte hier und drüben der Palast."

Doch eine alte Schwalbe warnt und spricht:
„Bau' nicht an jenen stolzen Giebel hin,
Dort liebt man unsre braunen Nester nicht,
Und hat für Schwalbenlieder keinen Sinn.

Die Hütte wähle dir, hier giebt's ein Fest,
Wenn man am niedern Sims dich bauen sieht;
Ein frommer Glaube sichert dir das Nest,
Und fröhlich lauschen alle deinem Lied."

Jul. Sturm.

25.

Meeresstille.

Tiefe Stille herrscht im Wasser,
Ohne Regung ruht das Meer,
Und bekümmert sieht der Schiffer
Glatte Fläche rings umher.

Keine Luft von keiner Seite!
Todesstille fürchterlich!
In der ungeheuern Weite
Reget keine Welle sich.

Goethe.

26.

Glückliche Fahrt.

Die Nebel zerreißen,
Der Himmel ist helle
Und Äolus löset
Das ängstliche Band.
Es säuseln die Winde,
Es rührt sich der Schiffer.
Geschwinde! Geschwinde!
Es teilt sich die Welle,
Es naht sich die Ferne;
Schon seh' ich das Land!

Goethe.

27.

Festlied.

O du fröhliche,
O du selige,
Gnadenbringende Weihnachtszeit!
Welt ging verloren,
Christ ist geboren:
Freue dich, freue dich, o Christenheit

O du fröhliche,
O du selige,
Gnadenbringende Osterzeit!
Welt lag in Banden,
Christ ist erstanden:
Freue dich, freue dich, o Christenheit!

O du fröhliche,
O du selige,
Gnadenbringende Pfingstenzeit!
Christ, unser Meister,
Heiligt die Geister:
Freue dich, freue dich, o Christenheit!

Joh. Falk.

SECOND PART.

28.

Schäfers Sonntagslied.

Das ist der Tag des Herrn!
Ich bin allein auf weiter Flur;
Noch eine Morgenglocke nur,
Nun Stille nah und fern.

Anbetend knie' ich hier.
O süßes Grau'n, geheimes Wehn,
Als knieten viele ungesehn
Und beteten mit mir!

Der Himmel nah und fern,
Er ist so klar und feierlich,
So ganz, als wollt' er öffnen sich.
Das ist der Tag des Herrn!

Uhland.

29.

Das Herz.

Zwei Kammern hat das Herz,
Drin wohnen
Die Freude und der Schmerz.

Wacht Freude in der einen,
So schlummert
Der Schmerz still in der seinen.

O Freude, habe acht!
Sprich leise,
Daß nicht der Schmerz erwacht!

Herm. Neumann.

30.

König Richard.

Wohl durch der Wälder einödige Pracht
Jagt ungestüm ein Reiter;
Er bläst ins Horn, er singt und lacht
Gar selten vergnügt und heiter.

Sein Harnisch ist von starkem Erz,
Noch stärker ist sein Gemüte,
Das ist Herr Richard Löwenherz,
Der christlichen Ritterschaft Blüte.

„Willkommen in England!" rufen ihm zu
Die Bäume mit grünen Zungen—
„Wir freuen uns, o König, daß du
Östreichischer Haft entsprungen."

Dem König ist wohl in der freien Luft,
Er fühlt sich wie neugeboren,
Er denkt an Östreichs Festungsduft—
Und giebt seinem Pferde die Sporen.

Heine.

31.

Frühlingslied.

Nun säuseln linde
Aus Westen die Winde,
Schon rieseln die Quellen
Ins Thal hernieder,
Die Knospen schwellen.

Der Vögel Lieder
Erschallen wieder,
Schneeglöckchen läuten fern und nah:
Der Frühling ist da, der Frühling ist da!

O seht wie der Frühling schaltet und waltet,
Und neues Leben enthüllt und entfaltet,
Und schönes Leben ersinnt und gestaltet!

Mit Duft und Farben erquickt und belebt,
Mit Sang und Klang entzückt und erhebt,
Und segnend über allem schwebt!

Nun laßt uns nicht länger bleiben zu Haus,
Wir wollen hinaus, ins Freie hinaus.

Hoffmann von Fallersleben.

32.

Künftiger Frühling.

Wohl blühet jedem Jahre
Sein Frühling mild und licht,
Auch jener große, klare,
Getrost! er fehlt dir nicht;

Er ist dir noch beschieden
Am Ziele deiner Bahn,
Du ahnest ihn hienieden
Und droben bricht er an.

Uhland.

33.

Der reichste Fürst.

Preisend mit viel schönen Reden
Ihrer Länder Wert und Zahl,
Saßen viele deutsche Fürsten
Einst zu Worms im Kaisersaal.

„Herrlich," sprach der Fürst von Sachsen,
„Ist mein Land und seine Macht,
Silber hegen seine Berge
Wohl in manchem tiefen Schacht."

„Seht mein Land in üpp'ger Fülle,"
Sprach der Kurfürst von dem Rhein,
„Goldne Saaten in den Thälern,
Auf den Bergen edlen Wein!"

„Große Städte, reiche Klöster,"
Ludwig, Herr zu Baiern, sprach,
„Schaffen, daß mein Land dem euren
Wohl nicht steht an Schätzen nach."

Eberhard, der mit dem Barte,
Württembergs geliebter Herr,
Sprach: „Mein Land hat kleine Städte,
Trägt nicht Berge silberschwer;

Doch ein Kleinod hält's verborgen:—
Daß in Wäldern, noch so groß,
Ich mein Haupt kann kühnlich legen
Jedem Unterthan in Schoß."

Und es rief der Herr von Sachsen,
Der von Baiern, der vom Rhein:
„Graf im Bart! Ihr seid der Reichste,
Euer Land trägt Edelstein!"

Justinus Kerner.

34.

Heidenröslein.

Sah ein Knab' ein Röslein stehn,
Röslein auf der Heiden,
War so jung und morgenschön,
Lief er schnell, es nah zu sehn,
Sah's mit vielen Freuden.
Röslein, Röslein, Röslein rot,
Röslein auf der Heiden.

Knabe sprach: ich breche dich,
Röslein auf der Heiden!
Röslein sprach: ich steche dich,
Daß du ewig denkst an mich,
Und ich will's nicht leiden.
Röslein, Röslein, Röslein rot,
Röslein auf der Heiden.

Und der wilde Knabe brach
's Röslein auf der Heiden;
Röslein wehrte sich und stach,
Half ihm doch kein Weh und Ach,
Mußt' es eben leiden
Röslein, Röslein, Röslein rot,
Röslein auf der Heiden.

Goethe.

35.

Vogelweisheit.

Höre, junge Vogelbrut,
Eines Alten Lehren!
Menschenwitz weiß bös und gut
Täuschend zu verkehren.

Nah' du weder jenem Ort,
Wo sie hin dich locken,
Noch, wo sie dich scheuchen fort,
Flieh' sogleich erschrocken.

Denn, wo ihr die Lockung seht,
Dort will man euch haschen;
Aber wo die Scheuche steht,
Dürft ihr ruhig naschen.

Hinter Scheuchen könnt ihr still
Eben euch verstecken;
Denn wo man euch fangen will,
Wird man euch nicht schrecken.

Rückert.

36.

Das Veilchen.

Veilchen, unter Gras versteckt,
Wie mit Hoffnung zugedeckt,
Veilchen, freue dich mit mir,
Sonne kommt ja auch zu dir.

Sonne scheint mit Liebesschein
Tief dir in dein Herz hinein,
Trocknet deine Thränen dir—
Veilchen, freue dich mit mir!

Hoffmann von Fallersleben.

37.

Lohn der Freigebigkeit.

Unterm Baume stand der Knabe,
Reichte nicht bis an den Ast,
Bettelte um eine Gabe
Von der Zweige reichen Last.

Und der Baum begann zu regen
Seinen Wipfel leis' im Wind,
Schüttelt' einen Apfelregen
Nieder dem erstaunten Kind.

Was es essen konnte, aß es,
Alles essen konnt' es nicht;
Aber schon so viel besaß es,
Daß ihm noch viel mehr gebricht.

Einen Apfel wirft zum Spiele
Es dem Geber ins Gesicht,
Freut sich, daß er dort vom Stiele
Einen reifen Bruder bricht.

Und so viel als niederfallen,
Schleudert er hinauf und treibt
Es so lange, bis von allen
Früchten keine droben bleibt.

Was der kahle Baum nun denket?
Zürnend wieget er sein Haupt:
Weil ich dir zu viel geschenket,
Hast du alles mir geraubt.

Rückert.

38.

Das Schwert.

Zur Schmiede ging ein junger Held,
Er hatt' ein gutes Schwert bestellt;
Doch als er's wog in freier Hand,
Das Schwert er viel zu schwer erfand.

Der alte Schmied den Bart sich streicht:
„Das Schwert ist nicht zu schwer, noch leicht,
Zu schwach ist euer Arm, ich mein';
Doch morgen soll geholfen sein.“

„Nein, heut'; bei aller Ritterschaft,
Durch meine, nicht durch Feuers Kraft!“
Der Jüngling spricht's, ihn Kraft durchdringt,
Das Schwert er hoch in Lüften schwingt.

Uhland.

39.

Winternacht.

Wie ist so herrlich die Winternacht!
Es glänzt der Mond in stiller Pracht
Mit den silbernen Sternen am Himmelszelt.
Es zieht der Frost durch Wald und Feld,
Und überspinnet jedes Reis,
Und alle Halme silberweiß.

Er hauchet über den See und im Nu,
Noch eh' wir's denken, friert er zu.
So hat der Winter auch unser gedacht,
Und über Nacht uns Freude gebracht.
Nun wollen wir auch dem Winter nicht grollen
Und ihm auch Lieder des Dankes zollen.

Hoffmann von Fallersleben.

40.

Weihnachtsfest.

Der Winter ist gekommen
Und hat hinweggenommen
Der Erde grünes Kleid;
Schnee liegt auf Blütenkeimen.
Kein Blatt ist an den Bäumen,
Erstarrt die Flüsse weit und breit.

Da schallen plötzlich Klänge
Und frohe Festgesänge

Hell durch die Winternacht.
In Hütten und Palästen
Ist rings in grünen Ästen
Ein bunter Frühling aufgewacht.

Wie gern doch seh' ich glänzen
Mit all den reichen Kränzen
Den grünen Weihnachtsbaum,
Dazu der Kindlein Mienen
Von Licht und Lust beschienen!
Wohl schön're Freude giebt es kaum!

Reinick.

41.

Das Mädchen aus der Fremde.

In einem Thal bei armen Hirten
Erschien mit jedem jungen Jahr,
Sobald die ersten Lerchen schwirrten,
Ein Mädchen, schön und wunderbar.

Sie war nicht in dem Thal geboren,
Man wußte nicht, woher sie kam;
Doch schnell war ihre Spur verloren,
Sobald das Mädchen Abschied nahm.

Beseligend war ihre Nähe,
Und alle Herzen wurden weit;
Doch eine Würde, eine Höhe
Entfernte die Vertraulichkeit.

Sie brachte Blumen mit und Früchte,
Gereift auf einer andern Flur,
In einem andern Sonnenlichte,
In einer glücklichern Natur,

Und teilte jedem eine Gabe,
Dem Blumen, jenem Früchte aus;
Der Jüngling und der Greis am Stabe,
Ein jeder ging beschenkt nach Haus.

Willkommen waren alle Gäste;
Doch nahte sich ein liebend Paar,
Dem reichte sie der Gaben beste,
Der Blumen allerschönste dar.

Schiller.

42.

Leise zieht durch mein Gemüt.

Leise zieht durch mein Gemüt
Liebliches Geläute.
Klinge, kleines Frühlingslied,
Kling' hinaus ins Weite.

Kling' hinaus bis an das Haus,
Wo die Blumen sprießen,
Wenn du eine Rose schaust,
Sag', ich lass' sie grüßen.

Heine.

43.

Die Riesen und die Zwerge.

Es ging die Riesentochter, zu haben einen Spaß,
Herab vom hohen Schlosse, wo Vater Riese saß.
Da fand sie in dem Thale die Ochsen und den Pflug,
Dahinter auch den Bauern, der schien ihr klein genug.
Die Riesen und die Zwerge!

Pflug, Ochsen und den Bauern, es war ihr nicht zu groß,
Sie faßt's in ihre Schürze und trug's auf's Riesenschloß.
Da fragte Vater Riese: Was hast du, Kind, gemacht?
Sie sprach: Ein schönes Spielzeug hab' ich mir hergebracht.
Die Riesen und die Zwerge!

Der Vater sah's und sagte: Das ist nicht gut, mein Kind.
Thu' es zusammen wieder an seinen Ort geschwind.
Wenn nicht das Volk der Zwerge, schafft mit dem Pflug im Thal,
So darben auf dem Berge die Riesen bei dem Mahl.
Die Riesen und die Zwerge!

Rückert.

44.

Der Verdrießliche.

Ich bin verdrießlich!
Weil ich verdrießlich bin,
Bin ich verdrießlich.

Sonne scheint gar zu hell,
Vogel schreit gar zu grell;
Wein ist zu sauer mir,
Zu bitter ist das Bier,
Honig zu süßlich!
Weil nichts nach meinem Sinn,
Weil ich verdrießlich bin,
Bin ich verdrießlich.

Dort wird Musik gemacht,
Dort wird getanzt, gelacht,
Dort wirft man gar den Hut,
Wie mich das ärgern thut!
Ist nicht ersprießlich!
Ist nicht nach meinem Sinn,
Weil ich verdrießlich bin,
Ach, so verdrießlich.

Wo ich auch geh' und steh',
Ich meinen Schatten seh';
Immer verfolgt er mich:
Ist das nicht ärgerlich?
Und, wenn der Himmel trüb',
Ist es mir auch nicht lieb.
Winter ist mir zu kalt,
Frühling kommt mir zu bald,
Sommer ist mir zu warm,
Herbst bringt den Mückenschwarm,
Mücken auf jeder Hand,
Mücken an jeder Wand,

O wie mich das verstimmt!
O wie mich das ergrimmt!
Wie das ins Herz mich brennt,
Himmelkreuzelement!—

Bin ganz verdrießlich,
Weil nichts nach meinem Sinn,
Weil ich verdrießlich bin,
Ach, wie verdrießlich!

Bechstein.

45.

Die Schule der Stutzer.

„In solchem Staat, ihr Herrn vom Rat,
Mit Seide, Gold und Bändern?
Wohl ziemt der Glanz zu Spiel und Tanz,
Zum Reihen oder Ländern;
Zu ernsten Dingen ziemt er nicht:
D'rum halt' ich heute kein Gericht,
Auf, laßt uns fröhlich jagen!"

Das Hüfthorn schallt im grünen Wald,
An Seilen bellt die Meute,
Dem Freudenschall erjauchzen all'
Die flinken Jägersleute.
Der Kaiser weist sie manchen Pfad,
Wo sich viel Wilds verborgen hat:
„Nur zu! durch Dick und Dünne!"

Ihm folgen gern die schmucken Herrn;
Wie ließen sie sich mahnen?
Doch mancher Dorn nimmt sie aufs Korn
Und zerrt an ihren Fahnen.
Viel bunte Flitter flattern fort,
Ein Läppchen hier, ein Läppchen dort,
Sie müssen Wolle lassen.

Im schlichten Rock hat manchen Bock
Der Kaiser abgefangen.
Sie trafen nie, stets blieben sie
An einem Dornbusch hangen.
Der Kaiser lacht: „Ach wie zerfetzt,
Ihr wurdet heute selbst gehetzt;
Ein andermal seid klüger!"

Simrock.

46.

Kaswiniade.

Man erzählt sich von der Stadt Kaswin,
Daß sie voll von lauter Thoren wäre,
Daß voll Thorheit schon von Anbeginn
Jeder, der daselbst geboren wäre.
Über den Bazar der Stadt einst lief
Ein Kaswiner, frohen Angesichtes,
Pries die Gnade Allahs laut und rief,
Daß sein Esel ihm verloren wäre,
Ohne daß er je das Tier beschritten!

„Warum dankst du Gott," fragt ihn ein andrer,
„Daß du auf dem Grautier nie geritten,
Als ob's nicht zum Ritt erkoren wäre?"
„Weil," entgegnete der schlaue Mann,
„Hätt' ich auf dem Esel mich befunden,
Als er sich verloren, ich alsdann
Sicher selber mit verloren wäre."

Bodenstedt.

47.

Parabel.

Es ritt ein Herr, das war sein Recht,
Zu Fuße ließ er gehn den Knecht;
Er reitet über Stock und Stein,
Daß kaum der Knecht kann hinterdrein.
Der treue schleppt sich hinterher
Dem leichten Ritt und fürchtet sehr,
Zu Falle komm' er schwer.
„Herr! Herr!" erschallt des Knechtes Ruf,
„Ein Nagel ging euch los vom Huf;
Und schlagt Ihr nicht den Nagel ein,
So wird der Huf verloren sein." —
„Ei, Nagel hin und Nagel her!
Der Huf hat ja der Nägel mehr
Und hält noch ohngefähr."

Und wieder schallt des Knechtes Ruf:
„Herr! losgegangen ist ein Huf;
Und schlagt Ihr nicht das Eisen an,
So ist es um das Roß gethan." —

„Hufeisen hin, Hufeisen her!
Das Rößlein hat Hufeisen mehr
Und geht noch wie vorher."
Und eh' der dritte Ruf erschallt,
Da ist er an den Stein geprallt;
Das Rößlein liegt und steht nicht auf,
Geendet ist des Herren Lauf.
Er spricht nicht mehr: Roß hin, Roß her!
Er rafft sich auf und schreitet schwer
Mit seinem Knecht einher.

Rückert.

48.

Sag' an, o lieber Vogel mein.

„Sag' an, o lieber Vogel mein,
Sag' an, wohin die Reise dein?"
Weiß nicht, wohin,
Mich treibt der Sinn,
Drum muß der Pfad auch richtig sein.

"Sag' an, o liebster Vogel, mir,
Sag', was verspricht die Hoffnung dir?"
Ach, linde Luft
Und süßen Duft
Und neuen Lenz verspricht sie mir!

„Du hast die schöne Ferne nie
Gesehen, und du glaubst an sie?"
Du frägst mich viel,
Und das ist Spiel,
Die Antwort aber macht mir Müh'!

Nun zog in gläubig-frommem Sinn
Der Vogel übers Meer dahin,
Und linde Luft
Und süßer Duft
Sie wurden wirklich sein Gewinn.

Fredrich Hebbel

49.

Die Sonne und die Tiere.

„Dank für deinen heitern Schein,
O Sonne!“ rief die Schlange. „Mit Vergnügen,
Leg' ich mich stundenlang hinein.“ —
Die Eule schrie: „Verschone mein Gesicht
Mit deinem mir verhaßten Licht,
O Sonne! Kann ich doch kein Schlüpfloch finden,
Wohin dein Strahl nicht dringt; ich werde noch erblinden.“
„Wohlthät'ge Sonne, sei mir stets geneigt!“
Hub eine Feldmaus an. „Es reifen meine Ähren,
Vollauf kann ich mich wieder nähren.“
Die Sonne hört es an, scheint fort und schweigt.

Willamov.

50.

Am Morgen.

Welch neues, frohes Leben
Erwacht vom nächt'gen Traum,
Wie hängt voll heller Tropfen
Ein jedes Blatt am Baum.

Wie zittert's auf der Rose
Wie auf des Veilchens Blau;
Wie glänzt am Bart der Distel
So silberweiß der Tau.

Und in den Perlen allen,
Ei wie's da glüht und scheint—
Das sind wohl Freudenthränen,
Die jedes Blättchen weint.

T. N. Vogl.

51.

Der Epheu und die Bäume.

„Laß an dir hinauf mich leben,"
Sprach der Epheu zu der Eiche,
„Und den Stamm dir kühl umweben."
„Falscher Schmeichler, von mir weiche!"

Sprach der Baum. „Durch meine Rinde
Dringen nicht so feine Worte;
Deine Sprache, mir zu linde,
Brauch' an einem andern Orte."

Und der Baum hat sich erhoben
Wie ein Dom im grünen Walde,
Drin die Vögel lustig toben,
Daß es freut die ganze Halde.

Zu der Ulme kam geschlichen
Nun der Epheu sanft mit Schmeicheln;
Seine Worte, glatt gestrichen,
Ließ er ihr die Ohren streicheln.

Und mit Lust die Ulme höret,
Was der Epheu zu ihr singet,
Der sich als er sie bethöret,
Mächtig um den Stamm ihr schlinget.

Aber bald sah man erkranket
Sie die welken Wipfel neigen,
Epheu hat sie nur umranket,
Um durch ihre Kraft zu steigen.

N. Müller.

52.

Die Worte des Koran.

Emir Hassan, Enkel des Propheten,
Faltet seine Hände um zu beten,
Setzt sich auf den Teppich dann im Saale
Nieder, um zu kosten von dem Mahle.

Und ein Sklave trägt vor ihn die Speise,
Und er schüttet ungeschickterweise
Von der Schüssel Inhalt, daß die Seide
Ward beflecket auf des Emirs Kleide.

Und der Sklave wirft sich auf die Erde
Und beginnt mit ängstlicher Gebärde:
„Herr, des Paradieses Freuden theilen,
Die ihr Zürnen zu bemeistern eilen.“

„Nun, ich zürne nicht!“ antwortet heiter
Hassan, und der Sklav' versetzte weiter:
„Doch noch mehr belohnt wird, wer Verzeihen
Dem Beleidiger läßt angedeihen.“

„Ich verzeihe!“ so des Emirs Worte.
„Doch geschrieben steht am selben Orte,“
Sprach der Sklave, „daß am höchsten thronen
Soll, wer Böses wird mit Gutem lohnen!“

„Deine Freiheit will ich dir gewähren
Und dies Geld hier, das Gebot zu ehren;
Mög es nie geschehn, daß die Gesetze
Des Propheten Gottes ich verletze.“

J. C. v. Zedlitz.

53.

Geistliches Lied.

Laß dich nur nichts dauren
Mit Trauren,
  Sei stille,
Wie Gott es fügt,
So sei vergnügt,
  Mein Wille.

Was willst du heute sorgen,
Auf morgen;
  Der Eine,
Steht allem für,
Der giebt auch dir,
  Das deine.

Sei nur in allem Handel
Ohn' Wandel.

Steh' feste.
Was Gott beschleußt,
Das ist und heißt
Das beste.

Paul Fleming.

54.

Am Abend.

Müde bin ich, geh' zur Ruh',
Schließe beide Äuglein zu:
Vater, laß die Augen dein
Über meinem Bette sein.

Hab' ich Unrecht heut' gethan,
Sieh es, lieber Gott, nicht an.
Vater, hab' mit mir Geduld
Und vergib mir meine Schuld.

Alle, die mir sind verwandt,
Herr, laß ruh'n in deiner Hand;
Alle Menschen, groß und klein,
Sollen dir befohlen sein.

Luise Hensel.

55.

Der Löwe in Florenz.

„Der Löw' ist los! Der Löw' ist frei!
Die eh'rnen Bande sprengt' er entzwei!
Zurück, daß ihr den sträflichen Mut
Nicht schrecklich büßet mit eurem Blut!"

Und jeder suchte mit scheuer Eil'
In des Hauses Innerm Schutz und Heil;
Auf Markt und Straßen, allumher,
Ward's plötzlich still und menschenleer.

Ein Kindlein nur, des unbewußt,
Verloren in des Spieles Lust,
Fern von der sorglichen Mutter Hand,
Saß auf dem Markt am Brunnenrand.

Wohl viele schauten von oben herab.
Sie schauten geöffnet des Kindleins Grab:
Sie rangen die Hände und weinten sehr
Und blickten um Hülfe rings umher.

Doch keiner wagte das eigene Leben
Um des fremden willen dahin zu geben.
Denn schon verkündet ein nahes Gebrüll
Das Verderben, das jeglicher meiden will

Und schon mit rollender Augen Glut
Erlechzt der Löwe des Kindleins Blut,
Erhebt er drohend die grimmige Klau',
O qualvoll herzzerreißende Schau!

So rettet nichts das zarte Leben,
Dem gräßlichsten Tode dahingegeben? —
Da plötzlich stürzt aus einem Haus
Mit fliegenden Haaren ein Weib heraus.

Um Gottes willen, o Weib, halt' ein!
Willst du dich selbst dem Verderben weih'n?
Unglückliche Mutter! Zurück den Schritt!
Du kannst nicht retten, du stirbst nur mit!"

Doch furchtlos fällt sie den Löwen an,
Und vor dem Rachen mit scharfem Zahn
Nimmt sie das unversehrte Kind
In ihren rettenden Arm geschwind.

Der Löwe stutzt, und unverweilt
Mit dem Kinde die Mutter von dannen eilt.
Da erkannte gerührt so jung wie alt
Des Mutterherzens Allgewalt.

Bernhardi.

56.

Lied aus Wilhelm Tell.

Fischerknabe.

Es lächelt der See, er ladet zum Bade,
Der Knabe schlief ein am grünen Gestade,
Da hört er ein Klingen,
Wie Flöten so süß,
Wie Stimmen der Engel
Im Paradies.

Und wie er erwachet in seliger Lust,
Da spülen die Wasser ihm um die Brust,
Und es ruft aus den Tiefen:
„Lieb Knabe, bist mein!
Ich locke den Schläfer,
Ich zieh' ihn herein."

Hirt.

Ihr Matten, lebt wohl,
Ihr sonnigen Weiden!
Der Senne muß scheiden,
Der Sommer ist hin.
Wir fahren zu Berg, wir kommen wieder,
Wenn der Kukuk ruft, wenn erwachen die Lieder,
Wenn mit Blumen die Erde sich kleidet neu,
Wenn die Brünnlein fließen im lieblichen Mai.
Ihr Matten, lebt wohl,
Ihr sonnigen Weiden!
Der Senne muß scheiden,
Der Sommer ist hin.

Alpenjäger.

Es donnern die Höhen, es zittert der Steg,
Nicht grauet dem Schützen auf schwindlichtem Weg;
Er schreitet verwegen
Auf Feldern von Eis,
Da pranget kein Frühling,
Da grünet kein Reis;
Und unter den Füßen ein neblichtes Meer,
Erkennt er die Städte der Menschen nicht mehr;
Durch den Riß nur der Wolken
Erblickt er die Welt,
Tief unter den Wassern
Das grünende Feld.

Schiller.

THIRD PART.

57.

Die Kapelle.

Droben stehet die Kapelle,
Schauet still ins Thal hinab,
Drunten singt bei Wies' und Quelle
Froh und hell der Hirtenknab.

Traurig tönt das Glöcklein nieder,
Schauerlich der Leichenchor;
Stille sind die frohen Lieder
Und der Knabe lauscht empor.

Droben bringt man sie zu Grabe,
Die sich freuten in dem Thal.
Hirtenknabe, Hirtenknabe,
Dir auch singt man dort einmal.

Uhland.

58.

Wiedervergeltung.

Für Gut's nichts Gutes geben, ist eine böse That;
Für Böses Böses geben, ist ein verkehrter Rat;
Für Gutes Böses geben, ist schändlicher Beginn;
Für Gutes Gutes geben, gebühret frommem Sinn;
Für Böses Gutes geben, ist recht und wohl gethan,
Denn d'ran wird so erkennet ein echter Christen-Mann.

Logau.

59.

Die Sterne der Nacht.

Und die Sonne machte den weiten Ritt
Um die Welt,
Und die Sternlein sprachen: wir reisen mit
Um die Welt;
Und die Sonne, die schalt sie: ihr bleibt zu Haus!
Denn ich brenn' euch die goldenen Äuglein aus
Bei dem feurigen Ritt um die Welt.

Und die Sternlein gingen zum lieben Mond
In der Nacht,
Und sie sprachen: du, der auf Wolken thront
In der Nacht,
Laß uns wandeln mit dir, denn dein milder Schein,
Er verbrennet uns nimmer die Äugelein.
Und er nahm sie, Gesellen der Nacht.

Arndt.

60.

Einkehr.

Bei einem Wirte wundermild,
Da war ich jüngst zu Gaste;
Ein goldner Apfel war sein Schild
An einem langen Aste.

Es war der gute Apfelbaum,
Bei dem ich eingekehret;
Mit süßer Kost und frischem Schaum
Hat er mich wohl genähret.

Es kamen in sein grünes Haus
Viel leicht beschwingte Gäste;
Sie sprangen frei und hielten Schmaus
Und sangen auf das beste.

Ich fand ein Bett zu süßer Ruh'
Auf weichen, grünen Matten;
Der Wirt, er deckte selbst mich zu
Mit seinem kühlen Schatten.

Nun fragt' ich nach der Schuldigkeit,
Da schüttelt' er den Wipfel.
Gesegnet sei er allezeit
Von der Wurzel bis zum Gipfel.

Uhland.

61.

Drei Bitten.

Da droben unbezwungen
Saß König Gelimer,
Doch engen Kreis geschlungen
Hat schon der Feind umher.

„Noch einmal möcht' ich schauen
Des Lebens vollen Tag,
Noch einmal mir vertrauen,
Dann komme, was da mag.

Auf, melde du mein Ritter,
Den Feinden mein Gesuch:
Ein Brot und eine Zither
Dazu ein linnen Tuch."

Da meldete der Ritter
Den Feinden sein Gesuch:
Was will er mit der Zither,
Was sollen Brot und Tuch?

„Das Brot, das will er kosten:
Seit ihn der Turm bedeckt,
Und seine Waffen rosten,
Vergaß er, wie es schmeckt.

Will trocknen mit dem Linnen
Die alten Augen rot;
Dort auf des Turmes Zinnen
Sah er nur Angst und Not.

Will in die Zither singen
Den bittern Todesschmerz,
Bis ihm die Saiten springen
Und bricht sein müdes Herz."

Da gab man ihm die Zither,
Gab Brot und Linnen gern,
Und dankend schied der Ritter
Und bracht' es seinem Herrn.

Der sieht ihn freudig kommen:
„Herbei, mein Saitenspiel!
Ihr habt kein Lied vernommen
Seit unser Reich zerfiel.

Ein Lied will ich erheben,
Es ist ein schönes Lied:
Der scheide von dem Leben,
Von dem die Freiheit schied.

Ihr trauten Freunde, kostet
Das letzte Liebesmahl;
Es hat zu lang gerostet
Der scharfgeschliffne Stahl.

Verbindet eure Wunden,
Wir stürzen in die Schlacht:
In letzten Lebensstunden
Hab' ich dies Lied erdacht."

Simrock.

62.

Nachts.

Ich steh' im Waldesschatten
Wie an des Lebens Rand,
Die Länder wie dämmernde Matten,
Der Strom wie ein silbernes Band.

Von fern nur schlagen die Glocken
Über die Wälder herein;
Ein Reh hebt den Kopf erschrocken,
Und schlummert gleich wieder ein.

Der Wald aber rühret die Wipfel
Im Traum von der Felsenwand;
Denn der Herr geht über die Gipfel
Und segnet das stille Land.

Eichendorff.

63.

Siegfrieds Schwert.

Jung Siegfried war ein stolzer Knab',
Ging von des Vaters Burg herab.
Wollt' rasten nicht in Vaters Haus,
Wollt' wandern in alle Welt hinaus.
Begegnet' ihm manch Ritter wert
Mit festem Schild und breitem Schwert.
Siegfried nur einen Stecken trug;
Das war ihm bitter und leid genug;
Und als er ging im finstern Wald,
Kam er zu einer Schmiede bald.
Da sah er Eisen und Stahl genug;
Ein lustig Feuer Flammen schlug.
„O Meister, liebster Meister mein!
Laß du mich deinen Gesellen sein!
Und lehr' du mich mit Fleiß und Acht,
Wie man die guten Schwerter macht!"
Siegfried den Hammer wohl schwingen kunnt,
Er schlug den Amboß in den Grund;
Er schlug, daß weit der Wald erklang
Und alles Eisen in Stücke sprang.
Und von der letzten Eisenstang'
Macht er ein Schwert so breit und lang.
„Nun hab' ich geschmiedet ein gutes Schwert,
Nun bin ich wie andre Ritter wert;
Nun schlag' ich wie ein andrer Held
Die Riesen und Drachen in Wald und Feld."

Uhland.

64.

Fünf Dinge.

Was verkürzt mir die Zeit?
    Thätigkeit!
Was macht sie unerträglich lang?
    Müßiggang!
Was bringt in Schulden?
    Harren und Dulden!
Was macht gewinnen?
    Nicht lange besinnen
Was bringt zu Ehren?
    Sich wehren!

Goethe.

65.

Der König und der Landmann.

Der Landmann lehnt in der Hütt' allein
Und blickt hinaus in den Mondenschein;
Und schaut empor zu des Königs Palast,
Er weiß nicht, welch ein Gefühl ihn faßt.

„Ach, wär' ich ein König nur eine Nacht,
Wie wollt' ich schalten mit meiner Macht!
Wie ging' ich umher von Haus zu Haus
Und teilte den Schlummernden Segen aus!

Wie strahlte dann morgens so mancher Blick
Die Sonne zum erstenmal hell zurück!
Wie staunten einander die Glücklichen an,
Und meinten: Das hat ein Engel gethan!"—

Der König lehnt im Palast allein
Und blickt hinaus in den Mondenschein,
Und schaut hinab auf des Landmanns Haus,
Und seufzt in das weite Schweigen hinaus:

„Ach, wär' ich ein Landmann nur eine Nacht,
Wie gern entriet' ich der drückenden Macht!
Wie lehrt' ich mich selber die schwere Kunst,
Nicht irr' zu gehen mit meiner Gunst!

Wie wollt' ich ins eigene Herze mir sehn,
Um wieder es offen mir selbst zu gestehn!
Was tausend Hände mir nicht vollbracht,
Das wollt' ich gewinnen in einer Nacht!"—

So schau'n sie sinnend beim Sternenlauf,
Der König hinunter, der Landmann hinauf;
Dann schließen beide den müden Blick,
Und träumen beide von fremdem Glück.

Seidl.

66.

Der rechte Weg.

Der Vater mit dem Sohne ist über Feld gegangen;
Sie können, nachtverirrt, die Heimat nicht erlangen
Nach jedem Felsen blickt der Sohn, nach jedem Baum,
Wegweiser ihm zu sein, im weglos dunkeln Raum.

Die Felsen blieben stumm, die Bäume sagten nichts,
Die Sterne deuteten mit einem Streifen Lichts;
Zur Heimat deuten sie; wohl dem, der traut den Sternen!
Den Weg der Erde kann man nur am Himmel lernen.

Rückert.

67.

Erlkönigs Tochter.

Herr Oluf reitet spät und weit,
Zu bieten auf seine Hochzeitleut.
Da tanzen die Elfen auf grünem Land,
Erlkönigs Tochter reicht ihm die Hand.
„Willkommen, Herr Oluf, was eilst von hier?
Tritt hier in den Reihen und tanz' mit mir."
„Ich darf nicht tanzen, nicht tanzen ich mag;
Frühmorgen ist mein Hochzeittag."
„Hör' an, Herr Oluf, tritt tanzen mit mir,
Zwei güldne Sporne schenk' ich dir;
Ein Hemd von Seide, so weiß und fein,
Meine Mutter bleicht's mit Mondenschein."
„Ich darf nicht tanzen, nicht tanzen ich mag,
Frühmorgen ist mein Hochzeittag."
„Hör' an, Herr Oluf, tritt tanzen mit mir,
Einen Haufen Goldes schenk' ich dir."
„Einen Haufen Goldes nähm' ich wohl,
Doch tanzen ich nicht darf noch soll."
„Und willst, Herr Oluf, nicht tanzen mit mir,
Soll Seuch' und Krankheit folgen dir."

Sie that einen Schlag ihm auf sein Herz,
Noch nimmer fühlt' er solchen Schmerz.
Sie hob ihn bleichend auf sein Pferd,
„Reit heim nun zu deinem Fräulein wert."
Und als er kam vor Hauses Thür,
Seine Mutter zitternd stand dafür.
„Hör' an, mein Sohn, sag' an mir gleich,
Was ist dein' Farbe blaß und bleich?"
„Und sollt' sie nicht sein blaß und bleich?
Ich traf in Erlenkönigs Reich."
„Hör' an, mein Sohn, so lieb und traut,
Was soll ich nun sagen deiner Braut?"
„Sagt ihr, ich sei im Wald zur Stund',
Zu proben da mein Pferd und Hund."
Frühmorgen und als es Tag kaum war,
Da kam die Braut mit der Hochzeitschar.
Sie schenkten Met, sie schenkten Wein.
„Wo ist Herr Oluf, der Bräut'gam mein?"
„Herr Oluf, er ritt zum Wald zur Stund',
Er probt allda sein Pferd und Hund."
Die Braut hob auf den Scharlach rot,
Da lag Herr Oluf, und er war tot.

Herder.

68.

Fürbitte.

Gedenke daß du Schuldner bist
Der Armen, die nichts haben,
Und deren Recht gleich deinem ist
An allen Erdengaben.

Wenn jemals noch zu dir des Lebens
Gesegnet goldne Ströme gehn,
Laß nicht auf deinen Tisch vergebens
Den Hungrigen durchs Fenster sehn;
Verscheuche nicht die wilde Taube,
Laß hinter dir noch Ähren stehn,
Und nimm dem Weinstock nicht die letzte Traube.

Hermann Lingg.

69.

Der Engel und das Kind.

Ein Engel stand an einer Wiege;
Sein Antlitz war von Strahlen hell.
Es war, als ob die eignen Züge
Er schimmern säh' in einem Quell.

„Kind, das mir gleicht," so sprach der Engel,
„Fleuch auf mit mir zum ew'gen Licht!
Die Erde bietet dir nur Mängel;
Komm! deiner würdig ist sie nicht!

„Auf ihr erblühst du nur zu Leide,
Selbst ihre Wonne drückt die Brust;
Wie klagend jauchzt auf ihr die Freude,
Und Seufzer hat auf ihr die Lust.

„Kein Fest auf ihr, das ohne Sorgen!
Es gab noch keinen Sonnentag,
Der Bürge ward beim nächsten Morgen
Für Sturmeswehn und Wetterschlag!

„Und sollte je der Gram sich setzen
Auf diese reine, stille Brau'?
Und bleichte je mit bitterm Ätzen
Die Zähre dieses Auges Blau?

„Nein! folge mir, daß ich dich trage,
Wo brennend Sonn' um Sonne rollt
Der Himmel schenkt dir gern die Tage,
Die du vertrauern hier gesollt!

„Laß keine Thräne sie vergießen,
Die dich genannt ihr einzig Glück;
Laß deinen letzten sie begrüßen
Wie deinen ersten Augenblick!

„Laß ihre Stirn es nicht verkünden,
Daß hier im Haus ein Auge brach!
O komm! Wer hingeht ohne Sünden—
Sein letzter ist sein schönster Tag!"

Und, schüttelnd seine weißen Schwingen,
Auf zu der Gottheit ew'gem Thron
Erhub er sich mit süßen Klingen . . . .
Du arme Mutter! . . . Tot dein Sohn!

Freiligrath.

70.

Blumenandacht.

Die Blumen müssen wohl schweigen,
Kein Ton ist Blumen beschert,
Doch, stille Beter, neigen
Sie alle das Haupt zur Erd'!

Spitta.

71.

Morgenlied.

Die Sterne sind erblichen
Mit ihrem güld'nen Schein;
Bald ist die Nacht gewichen,
Der Morgen dringt herein.

Noch waltet tiefes Schweigen
Im Thal und überall;
Auf frisch bethauten Zweigen
Singt nur die Nachtigall.

Sie singet Preis und Ehre
Dem hohen Herrn der Welt,
Der überm Land und Meere
Die Hand des Segens hält.

Er hat die Nacht vertrieben;
Ihr Kindlein, fürchtet nichts!
Stets kommt zu seinen Lieben
Der Vater alles Lichts.

Hoffmann von Fallersleben.

72.

Rätsel.

Kennst du das Bild auf zartem Grunde?
Es giebt sich selber Licht und Glanz.
Ein andres ist's zu jeder Stunde,
Und immer ist es frisch und ganz.

Im engsten Raum ist's ausgeführet,
Der kleinste Rahmen faßt es ein;
Doch alle Größe, die dich rühret,
Kennst du durch dieses Bild allein.

Und kannst du den Krystall mir nennen?
Ihm gleicht an Wert kein Edelstein;
Er leuchtet ohne je zu brennen,
Das ganze Weltall saugt er ein.
Der Himmel selbst ist abgemalet
In seinem wundervollen Ring;
Und doch ist, was er von sich strahlet,
Noch schöner, als was er empfing.

Schiller.

73.

Friedrich Rotbart.

Tief im Schoße des Kyffhäusers bei der Ampel rotem Schein,
Sitzt der alte Kaiser Friedrich an dem Tisch von Marmorstein.
Ihn umwallt der Purpurmantel, ihn umfängt der Rüstung Pracht,
Doch auf seinen Augenwimpern liegt des Schlafes tiefe Nacht.

Vorgesunken ruht das Antlitz, drin sich Ernst und Milde paart,
Durch den Marmortisch gewachsen ist sein langer, goldner Bart.

Rings wie eh'rne Bilder stehen seine Ritter um ihn her,
Harnischglänzend, schwertumgürtet, aber tief im Schlaf wie er.

Alles schweigt, nur hin und wieder fällt ein Tropfen vom Gestein,
Bis der große Morgen plötzlich bricht mit Feuersglut herein;
Bis der Adler stolzen Fluges um des Berges Gipfel zieht,
Daß vor seines Fittichs Rauschen dort der Rabenschwarm entflieht.

Aber dann wie ferner Donner rollt es durch den Berg herauf,
Und der Kaiser greift zum Schwerte, und die Ritter wachen auf.
Laut in seinen Angeln tönend, springet auf das ehrne Thor,
Barbarossa mit den Seinen steigt im Waffenschmuck empor.

Auf dem Helm trägt er die Krone und den Sieg in seiner Hand,
Schwerter blitzen, Harfen klingen, wo er schreitet durch das Land.
Und dem alten Kaiser beugen sich die Völker allzugleich,
Und aufs neu zu Aachen gründet er das heil'ge deutsche Reich.

Geibel.

74.

Zwei Heimgekehrte.

Zwei Wanderer zogen hinaus zum Thor
Zur herrlichen Alpenwelt empor.
Der eine ging weil's Mode just
Den andern trieb der Drang in der Brust.

Und als daheim nun wieder die Zwei,
Da rückt die ganze Sippe herbei,
Da wirbelt's von Fragen ohne Zahl:
„Was habt ihr gesehen? Erzählt einmal!"

Der eine drauf mit Gähnen spricht:
„Was wir gesehen? Viel Rares nicht!
Ach, Bäume, Wiesen, Bach und Hain,
Und blauen Himmel, und Sonnenschein."

Der andere lächelnd dasselbe spricht,
Doch leuchtenden Blicks, mit verklärtem Gesicht:
„Ei Bäume, Wiesen, Bach und Hain,
Und blauen Himmel und Sonnenschein."

Anastasius Grün.

75.

Morgenwanderung.

Wer recht in Freuden wandern will,
Der geh' der Sonn' entgegen;
Da ist der Wald so kirchenstill,
Kein Lüftchen mag sich regen;

Noch sind nicht die Lerchen wach,
Nur im hohen Gras der Bach
Singt leise den Morgensegen.

Die ganze Welt ist wie ein Buch,
Darin uns aufgeschrieben
In bunten Zeilen manch ein Spruch,
Wie Gott uns treu geblieben;
Wald und Blumen, nah und fern,
Und der helle Morgenstern
Sind Zeugen von seinem Lieben.

Und plötzlich läßt die Nachtigall
Im Busch ihr Lied erklingen,
In Berg und Thal erwacht der Schall
Und will sich aufwärts schwingen,
Und der Morgenröte Schein
Stimmt in lichter Glut mit ein:
Laß uns dem Herrn lobsingen!

Geibel.

76.

Die Jagd von Winchester.

König Wilhelm hatt' einen schweren Traum,
Vom Lager sprang er auf,
Wollt' jagen dort in Winchesters Wald,
Rief seine Herrn zuhauf

Und als sie kamen vor den Wald,
Da hält der König still.
Gibt jedem einen guten Pfeil,
Der jagen und birschen will.

Der König kommt zur hohen Eich',
Da springt ein Hirsch vorbei;
Der König spannt den Bogen schnell,
Doch die Sehne reißt entzwei.

Herr Titan besser treffen will,
Herr Titan drückt wohl ab;
Er schießt dem König mitten in's Herz
Den Pfeil, den er ihm gab.

Herr Titan fliehet durch den Wald,
Flieht über Land und Meer,
Er flieht wie ein gescheuchtes Wild,
Find't nirgends Ruhe mehr.

Prinz Heinrich ritt im Wald umher,
Viel Reh' und Hasen er fand:
„Wohl träf' ich gern ein edler Wild
Mit dem Pfeil von Königs Hand."

Da reiten schon in ernstem Zug
Die hohen Lords heran;
Sie melden ihm des Königs Tod,
Sie tragen die Kron' ihm an.

„Auf dieser trauervollen Jagd
Euch reiche Beute ward,
Ihr habt erjagt, gewalt'ger Herr,
Den edeln Leopard."

Uhland.

77.

Frühlingszeit.

Wenn der Frühling auf die Berge steigt
Und im Sonnenstrahl der Schnee zerfließt,
Wenn das erste Grün am Baum sich zeigt
Und im Gras das erste Blümlein sprießt—
Wenn vorbei im Thal
Nun mit einem Mal
Alle Regenzeit und Winterqual,
Schallt es von den Höh'n
Bis zum Thale weit:
O, wie wunderschön
Ist die Frühlingszeit!

Wenn am Gletscher heiß die Sonne leckt,
Wenn die Quelle von den Bergen springt,
Alles rings mit jungem Grün sich deckt
Und das Lustgetön der Wälder klingt—
Lüfte lind und lau
Würzt die grüne Au',
Und der Himmel lacht so rein und blau,
Schallt es von den Höhn
Bis zum Thale weit:
O, wie wunderschön
Ist die Frühlingszeit!

Bodenstedt.

78.

Das Kind am Brunnen.

Frau Amme, Frau Amme, das Kind ist erwacht!
Doch die liegt ruhig im Schlafe.
Die Vöglein zwitschern, die Sonne lacht,
Am Hügel weiden die Schafe.

Frau Amme, Frau Amme! das Kind steht auf,
Es wagt sich weiter und weiter!
Hinab zum Brunnen nimmt es den Lauf,
Da stehen Blumen und Kräuter.

Nun steht es am Brunnen, nun ist es am Ziel,
Nun pflückt es die Blumen sich munter;
Doch bald ermüdet das reizende Spiel,
Da schaut's in die Tiefe hinunter.

Und unten erblickt es ein holdes Gesicht,
Mit Augen, so hold und so süße.
Es ist sein eignes, das weiß es noch nicht:
Viel stumme freundliche Grüße!

Schon beugt es sich über den Brunnenrand,
Frau Amme, du schläfst noch immer!
Da fallen die Blumen ihm aus der Hand.
Und trüben den lockenden Schimmer.

Verschwunden ist sie, die süße Gestalt,
Verschluckt von der hüpfenden Welle;
Das Kind durchschauert's fremd und kalt
Und schnell enteilt es der Stelle.

Fr. Hebbel.

79.

Der Trompeter an der Katzbach.

Von Wunden ganz bedecket
Der Trompeter sterbend ruht,
An der Katzbach hingestrecket,
Der Brust entströmt das Blut.

Brennt auch die Todeswunde,
Doch sterben kann er nicht,
Bis neue Siegeskunde
Zu seinen Ohren bricht.

Und wie er schmerzlich ringet
In Todesängsten bang,
Zu ihm herüberdringet
Ein wohlbekannter Klang.

Das hebt ihn von der Erde,
Er streckt sich starr und wild—
Dort sitzt er auf dem Pferde
Als wie ein steinern Bild.

Und die Trompete schmettert—
Fest hält sie seine Hand—
Und wie ein Donner wettert
Victoria in das Land.

Victoria—so klang es,
Victoria—überall,
Victoria—so drang es
Hervor mit Donnerschall.

Doch als es ausgeklungen,
Die Trompete setzt er ab—
Das Herz ist ihm zersprungen,
Vom Roß stürzt er herab.

Um ihn herum im Kreise
Hielt's ganze Regiment,
Der Feldmarschall sprach leise,
„Das heißt ein selig End'!"

Mosen.

80.

Reiters Morgengesang.

Morgenrot
Leuchtest mir zum frühen Tod?
Bald wird die Trompete blasen;
Dann muß ich mein Leben lassen,
Ich und mancher Kamerad.

Kaum gedacht,
Wird der Lust ein End' gemacht;
Gestern noch auf stolzen Rossen,
Heute durch die Brust geschossen,
Morgen in das kühle Grab.

Ach, wie bald
Schwindet Schönheit und Gestalt;
Thust du stolz mit deinen Wangen,
Die wie Milch und Purpur prangen?
Ach! die Rosen welken all'!

Darum still
Füg' ich mich wie Gott es will.
Nun so will ich wacker streiten;
Und sollt' ich den Tod erleiden,
Stirbt ein braver Reitersmann.

Hauff.

81.

Belsazar.

Die Mitternacht zog näher schon;
In stummer Ruh' lag Babylon.

Nur oben in des Königs Schloß,
Da flackert's, da lärmt des Königs Troß

Dort oben in dem Königssaal
Belsazar hielt sein Königsmahl.

Die Knechte saßen in schimmernden Reih'n
Und leerten die Becher mit funkelndem Wein.

Es klirrten die Becher, es jauchzten die Knecht';
So klang es dem störrigen Könige recht.

Des Königs Wangen leuchten Glut;
Im Wein erwuchs ihm kecker Mut.

Und blindlings reißt der Mut ihn fort,
Und er lästert die Gottheit mit sündigem Wort.

Und er brüstet sich frech und lästert wild!
Die Knechteschaar ihm Beifall brüllt.

Der König rief mit stolzem Blick;
Der Diener eilt und kehrt zurück.

Er trug viel gülden Gerät auf dem Haupt;
Das war aus dem Tempel Jehovah's geraubt.

Und der König ergriff mit frevler Hand
Einen heiligen Becher, gefüllt bis am Rand.

Und er leert ihn hastig bis auf den Grund
Und rufet laut mit schäumendem Mund:

„Jehovah! dir künd' ich auf ewig Hohn,—
Ich bin der König von Babylon!"

Doch kaum das grause Wort verklang,
Dem König ward's heimlich im Busen bang.

Das gellende Lachen verstummte zumal;
Es wurde leichenstill im Saal.

Und sieh! und sieh! an weißer Wand,
Da kam's hervor wie Menschenhand;

Und schrieb, und schrieb an weißer Wand,
Buchstaben von Feuer, und schrieb und schwand.

Der König stieren Blicks da saß,
Mit schlotternden Knieen und todtenblaß.

Die Knechteschaar saß kalt durchgraut,
Und saß gar still, gab keinen Laut.

Die Magier kamen, doch keiner verstand
Zu deuten die Flammenschrift an der Wand.

Belsazar ward aber in selbiger Nacht
Von seinen Knechten umgebracht.

Heine.

82.

Gute Nacht.

Gute Nacht!
Allen Müden sei's gebracht.
Neigt der Tag sich still zum Ende,
Ruhen alle fleiß'gen Hände,
Bis der Morgen neu erwacht.
Gute Nacht!

Geht zur Ruh'!
Schließt die müden Augen zu!
Stille wird es auf den Straßen,
Nur den Wächter hört man blasen,
Und die Nacht ruft allen zu:
Geht zur Ruh'!

Gute Nacht!
Schlummert, bis der Tag erwacht,
Schlummert, bis der neue Morgen
Kommt mit seinen neuen Sorgen,
Ohne Furcht, der Vater wacht.
Gute Nacht!

Körner.

FOURTH PART.

Rotkäppchen.

Personen.

Die Großmutter.
Rotkäppchen, ihre Enkelin.
Der Jäger.
Hanne, ein Bauermädchen.
Ein Bauer.
Zwei Rotkehlchen.
Der Wolf.
Der Hund.
Der Kuckuck.

Erste Scene.

Die Großmutter sitzt allein am Tische und liest.

Großmutter. Ist heute gar ein schöner Tag,
An dem man gern Gott dienen mag,
Das Wetter ist hell, scheint die Sonne herein,
Da muß das Herz andächtig sein.
Ich höre von ferne das Geläute,
Es ist ein lieblicher Sonntag heute,
Vor dem Fenster die Bäume sich rauschend neigen,
Als wollten sie sich gottesfürchtig bezeigen.
Ich wohn' allhier vom Dorf abseitig;
Sonst ging ich gern zur Kirche zeitig;
Doch ich bin alt, dazu krank gewesen,
Da thu' ich im lieben Gesangbuch lesen.

(Gähnt und macht das Buch zu.)

Ach, ja! So geht es in der Welt!
Ja, ja, es ist recht schlimm bestellt.
Meine Tochter Elsbeth bäckt heute Kuchen,
Da wird mich wohl klein Rotkäppchen besuchen.
Es geht die Thüre oder ist es der Wind?
Ich glaube da kommt das kleine Kind.

Rotkäppchen tritt herein.

Rotkäppchen. Guten Morgen, lieb' Großmutter, wie geht es dir?
Ich kam darum so sacht' durch die Thür;
Ich dachte, wenn sie nicht gut geschlafen hat,
So mag sie wohl jetzt ein bißchen nicken,
Da mußt du sie nicht aus dem Schlummer wecken.

Großmutter. Ich bin heut' schon früh munter gewesen
Und habe in Gottes Wort gelesen.

Rotkäppchen. Du bist recht fromm! Die Mutter hat heut
Einen schönen, großen Kuchen gebacken,
Da schickt sie dir auch ein Stück.

Großmutter. Du liebe Zeit!
Ei, Dank mein Kind, der schaut recht wacker.
Wo sind denn die lieben Eltern dein?

Rotkäppchen. Sie werden jetzt in der Kirche sein;
Die ist heut' ganz voller Leut'.—
Du hast ja schönen frischen Sand gestreut.

Großmutter. Man muß doch auch wissen, daß Sonntag ist,
Sonst lebt man wie'n Heide und nicht wie ein Christ.

Rotkäppchen. Sie haben mich auch heute weiß angezogen.
Sieh nur die bunten Blumen, das neue Kleid!
Dem Käppchen bin ich besonders gewogen,
Das du mir schenktest zur Weihnachtszeit.
Sie sagen alle, es thäte Not,
Daß ich das Käppchen ließe liegen
Und es nicht alle Tage trüge;
Aber es geht doch keine Farbe über Rot.

Großmutter. Ei, liebes Kind, trag du es dreist,
Ich hab' es dir geschenkt zum heiligen Christ.
Es kleidet dich hübsch, und, wie du weißt,
Du seitdem Rotkäppchen geheißen bist
Ist die aufgetragen, schafft man wohl Rat zu 'ner neuen.

Rotkäppchen. Wie will ich mich von Herzen freuen.
Ich habe dir schöne Blumen mitgebracht,
Bald hätt' ich daran nicht gedacht,
Es lacht von roter Blüte der ganze Wald,
Von tausend Vögeln das grüne Dickicht schallt.

Großmutter. Ei sieh, wie du in deiner Tasche fast
Die lieben Blümchen ganz zerknittert hast!
Du bist und bleibst ein wildes Ding.

Rotkäppchen. Als ich so auf dem Fußsteig ging,
War's, als hätt' ich sie pflücken müssen,
So lachten sie zu meinen Füßen;
Ich dachte, du könntest sie vors Fenster stellen.
Horch! was müssen denn wohl die Hunde so bellen?

Großmutter. Man spricht, daß sich seit ein'gen Tagen
Ein Wolf hier zeigt, den mögen sie wohl jagen.

Rotkäppchen. Hier ist es recht lustig vor deinem Haus:
So dicht am Fenster der Wald da draus;
Vögel springen und singen ohne Rast,
Und zwitschern munter von Ast zu Ast.
Magst du wohl die kleinen Vöglein leiden?
Großmutter. Ich sehe sie an mit vielen Freuden.
Sie sind schon immer recht frühe munter
Und singen den grünen Wald hinunter,
Sie musizieren mit solcher Pracht,
Daß einem das Herz im Leibe lacht.
Rotkäppchen. Leb wohl, ich geh noch in des Morgens Kühle
Zum Dorf zurück, sonst kommt des Mittags Schwüle.
Großmutter. Mein Kind, eh du dich nun entfernt,
Sing noch das Lied, das du gelernt.
Rotkäppchen (singt). Misekätzchen ging spazieren
Auf dem Dach am hellen Tag,
Macht sich an den Taubenschlag,
Eine Taub' zu attrapieren.
Miau! Miau!
Schlüpft wohl in das Loch hinein,
Aber kaum ist sie darein,
Ist der Appetit vergangen:
Eine Falle, siehst du, fällt,
Für den Marder aufgestellt,
Und das Kätzchen muß drin hangen.
Und im Sterben schreit es: trau
Nicht auf Diebstahl je, Miau!

Großmutter. Das ist ein schönes Lied, das nimm in Acht.
Untugend hat noch nie was eingebracht.
Grüß deine Mutter, ich laß mich bedanken,
Daß sie nicht vergißt die Alten und Kranken.

Rotkäppchen. Leb wohl, Großmutter, ich komme wohl wieder
Und bringe nach Mittag noch Essen herüber. (Ab.)

Großmutter. Da läßt der Ruschel die Hofthür auf,
Nun kann jeder zu mir den Hof hinauf;
Sie bleibt so wild wie sie nur war
Und kommt doch in die erwachsene Jahr'.
Doch hat es eben nichts zu bedeuten,
Es kommt ja keiner zu mir heute.
Es ist wahr, nichts über das Mädchen geht,
Und wie ihr das rote Mützchen steht!

Zweite Scene.

Wald.

Jäger. Immer und ewig ein Jäger zu sein,
Das will mir gar nicht in den Kopf hinein.
Bei Tag und Nacht den Wald durchrennen,
Wenn andere zu Hause sitzen können,
Im Schnee, in der Kälte, in der Hitze,
Ist dem gesündesten Körper nichts nütze.

Rotkäppchen kommt dazu.

Jäger. Ei, Rotkäppchen, sei tausendmal willkommen!
Bist du schon so früh ausgegangen?

Rotkäppchen. Ich bin von meiner Großmutter gekommen.
Ihr jagt heut?
Jäger. Ja, es gilt dem Rangen,
Dem Wolf, der hier im Walde ist,
Und manch' unschuldig Lämmchen frißt.
Rotkäppchen. So ist's doch wahr, was die Leute sagen
So dürfte sich ein Wolf so nahe wagen?
Jäger. Es sind unverschämte Gesellen,
Die sich gern aller Orten einstellen.
Rotkäppchen. Fürcht't Ihr Euch nicht, ihm nahe zu kommen?
Jäger. Ich hab' ihn schon längst aufs Rohr genommen.
Ein Jäger muß haben festen Mut,
Ein starkes Herz, ein braves Blut,
Gefahr nicht achten, kein Wetter scheu'n,
Sonst sollt' er zum Ofensitzen besser sein.
Rotkäppchen. Ihr seid heut' in der neuen Jacke,
Dazu glänzt auch der Hirschfänger schön.
Jäger. Wenn ich den Monsieur Wolf nur packe,
So ist's gewiß um ihn gescheh'n.
Kleid't mich's nicht gut, das feine Tuch?
Rotkäppchen. Es ist für so was gut genug.
Jäger. Was hast du daran auszusetzen?
Rotkäppchen. Die Jacke würde Euch noch besser sitzen,
Wär' sie schön rot, wie meine Mütze.
Jäger. Die ganze Welt kann doch nicht wie deine Mütze sein;
Es muß auch andere Farben geben.

Die grüne Farbe, bei meinem Leben,
Die macht einen allerliebsten Schein.

Rotkäppchen. Grün ist ganz gut und dient zur Not.
Doch geht keine Farbe über Rot.

Jäger. Der Wald ist grün, die Erde ist grün,
Wo du nur wendest dein Auge hin,
Es ist was in der Farbe, ein Wesen—
Ein Glanz—versteh',—ein gewisses Wesen.

Rotkäppchen. Das Grün ist wie geringe Leut',
Man findet es so allerwege;
Auf jedem Busch, jedwed' Gehege,
Da wächst es; ach, du liebe Zeit!
Doch ist von da zu Rot noch weit. (Jäger ab.)

(Zwei Rotkehlchen fliegen vom Baum und springen um Rotkäppchen her.)

Die Vögel. Rotkäppchen, Rotkäppchen!

Rotkäppchen. Was wollen die Vögel von mir?

Die Vögel. Schön guten Tag! Wo gehst du von hier?

Rotkäppchen. Nach Hause. Ei, sieh die artigen Dinger!
Wie sie auf den kleinen Beinchen springen!
Die haben auch rot um den Hals und die Brust;
So'n Vögelchen ist eine herrliche Lust!

Die Vögel. Du bist wie Rotkehlchen,
Wir sind wie Rotkäppchen,
Das macht uns Freuden:
Wir sind dir gut!
Freundliches Blut,
Magst du uns leiden?

Rotkäppchen. Ach! Ihr lieben Gesellen!
Hat euch nicht Gott der Herr eben
Selbst rote Mützchen gegeben?

Die Vögel. Rotkäppchen, Rotkäppchen ist unser Freund!
Wie lieblich warm die Sonne scheint!

(Fliegen fort.)

Dritte Scene.

Der Wolf tritt herein.

Wolf. Muß nun hier in den dichtesten Gesträuchen
Wie ein Vertriebener auf und nieder schleichen,
Und bin verstoßen und ausgetrieben.
Da ist kein Wesen, das mich möchte lieben,
Keiner kommt mir nah, keiner mag mir trau'n,
Sie alle mit Abscheu auf mich schau'n.

Der Hund tritt auf.

Hund. Sieh' da! Ist hier dein Sommersitz?
Ich geh' ein wenig 'rum spazieren,
Ein Kaninchen oder Hasen zu attrapieren.

Wolf. Bist du noch bei Rotkäppchens Vater in Dienst?

Hund. O ja, ich habe da guten Gewinnst:
Die Wirtschaft ist groß, und manches bleibt über,
Was sie mir als andern gönnen lieber;
Das Kind im Hause ist mir auch gut,
Und steckt mir heimlich manches zu,
Wofür ich denn die Katze veriere,
Auch Stöckchen aus dem Wasser apportiere,

Lege mich auf den Rücken und stelle mich tot.
Gottlob! Ich leide jetzt keine Not.
  Wolf. Das sind die Künste, die finden ihr Brot!
  Hund. Jetzt ist seit vierzehn oder zwanzig Tagen,
Im Wald mit Essen ein vieles Tragen:
Die Großmutter ist krank und wird gepflegt;
Für mich mancher Knochen beiseit gelegt.
  Wolf. Ich möchte nicht sein in deiner Lage:
Du lebst doch nur erbärmliche Tage,
Hast keinen eignen Willen, bist nicht frei,
Kriegst auch Schläg' ohne Ursach'. Verzeih',
Daß ich dir alle deine Freude
Und deinen edlen Stand verleide.
  Hund. Du weißt, ich bin ein ehrlicher Mann.
Du bist von vordem mein lieber Kumpan,
Wärst du ein klein wenig human
Und ließest die wilde Gesinnung fahren,
So würde was aus dir mit den Jahren.
  Wolf. Nein, Freund, wir wollen uns so was ersparen.
In der Kindheit,—ich denke noch immer mit Thränen
An jene Tage der Unschuldzeit,—
Wie hatt' ich da ein inniges Sehnen,
Wie trug ich von Wirken und Nützen ein Wähnen,
Wie war ich zu herrlichen Thaten bereit!
Du weißt, wie damals, als ich dich kennen lernte
Beim Bauer Hans, wo du dientest als Knecht,
Ich mich aus meinem Walde entfernte
Und alle Künste des Hundes lernte.

Ich verscheuchte die Diebe, bewachte den Hof,
Im Regen lag ich, daß der Pelz mir troff,
Erlitt oft Hunger, der Prügel nicht wenig,
Doch war ich in meinen Gedanken ein König:
Vernimm denn wie es ein Ende nahm
Und wie ich durch Erfahrung dazu kam,
Die Menschen zu hassen, die ich wie Brüder
Geliebt, die ich meine Freunde geheißen.
Es währte nicht lange, so merkten's im Dorf,
Ich sei ein Hund nicht, sondern ein Wolf.
Was liegt am Namen? Da sie mich kannten,
Da ich so treue Dienste gethan?
Doch war ich seitdem ein verlorener Mann,
Weil sie dies Vorurteil nicht verbannten.
Man traut' mir nicht, man legt' mich an die Kette,
Als wenn ich ein Verbrechen begangen hätte.

Hund. Sie spielen einem kuriose mit.

Wolf. Meiner Wut riß die Kette bald,
So rannte ich in den nächsten Wald.
Ich will schweigen, was ich seitdem erfuhr,
Denn es empört die geduldigste Natur.
O Freund, nirgends ist eine Kreatur
So schlimm in aller weiten Welt,
Als wie ein armer Wolf geschoren.
Seitdem ist aber auch mein Plan,
Unheil zu stiften so viel ich nur kann.

Hund. Ei pfui! Ich muß mich für Euch schämen.
Ich will auch nicht mit Euch Umgang weiter pflegen,
Ich geh aus Furcht der Ansteckung wegen. (Ab.)

Wolf. Das sind die Köpfe so dumm und seicht,
Die jede Furcht und Beklemmung erreicht,
Die nichts von Kraft und Selbständigkeit wissen.
Hätt' ich ihn doch lieber in Stücke zerrissen!
Doch will ich sein liebes Rotkäppchen fangen,
Das ist seit lange schon mein Verlangen. (Ab.)

Vierte Scene.

Rotkäppchen. Hanne.

Fußpfad im Wald.

Hanne. Es wird schon finster, ich gehe nicht weiter
Rotkäppchen. Nicht doch, die Sonne scheint noch so heiter
Hanne. Es wird dunkle und finstre Nacht,
Eh' ich den Weg zurückgemacht.

Ein Bauer geht vorbei.

Bauer. Mich wundert, daß man die Kinder läßt so 'rum rasen,
Die kämen dem Wolfe gerade gelegen.
Geht nach Hause, Kinder, das ist gescheit,
Es wird schon Abend, da ist es Zeit.
Rotkäppchen. Ich geh' zu Großmutter, bring' ihr Abendbrot,
Mit Eurem Wolf hat's keine Not.
Bauer. Wenn er dich erst wird massakrieren,
Wirst du wohl 'ne andre Sprache führen.
Das ist jetzt bei Kindern 'ne dumme Weis',
Sie werden gar zu naseweis.

Komm, Hannchen, geh' mit mir nach Haus.
Im Walde wird es jetzt bald graus.
  Hanne. So geh' ich mit. Rotkäppchen, ade,
Ich hoffe, daß ich dich wiederseh'.

(Ab mit dem Bauer.)

Rotkäppchen allein.

  Rotkäppchen. Das kleine Mädchen ist nicht recht klug,
Und für ihr Alter noch dumm genug.

Vorige. Der Kuckuck.

  Kuckuck. Kuckuck! Kuckuck! Kuckuck!
  Rotkäppchen. Was will der Vogel von mir haben?
  Kuckuck. Kuck um dich! Kuck! Kuck! Sollst Vorsicht haben!
Kuck! Kann nicht sprechen, wie ich wollt',
Kuck! Kuck! Kuck um dich! Der Wolf!
Kuck! Kuck!
  Rotkäppchen. Kuck! Kuck! Der hat's im Reden nicht weit gebracht.
Ich hätte beinah über den Narren gelacht.

Der Hund kommt.

  Rotkäppchen. Ei, Hund, wo kommst du her? Wie er schmeichelt,
Wie er sich an der Seite streichelt,
Wo er merkt, daß ich das Essen trage.
  Hund. Bau, bau nicht zu sehr auf Sicherheit.

Rotkäppchen. Wenn ich nach Hause komme, dann frage
Nur nach, dann ist deine Essenszeit.

Hund. Bau, bau auf deinen Mut nicht zu sehr.
Ich komm', bau, bau, und knie vor dir her,
Kann nicht recht sprechen,
Bau, bau, trau, bau nicht zu sehr,
Der Wolf kann dich fressen.

Rotkäppchen. Geh, alberner Hund, nun ist es Zeit,
Du bist im Kopfe nicht recht gescheit! (Geht ab.)

Hund. Bau, bau und trau nicht zu sehr.

Kuckuck. Kuck, kuck, kuck um dich mehr.

Fünfte Scene.

Stube.

Wolf (im Bett). So war ich glücklich herein gekommen,
Und habe der alten Frau das Leben genommen.
Die Thür stand, gegen mein Verhoffen,
Im Hof und auch im Hause offen;
Die Alte war erzürnt und wollte sich wehren,
Doch durft' ich mich daran nicht kehren,
Nun ist sie erwürgt, liegt unter dem Bette;
Ich wünscht' nur daß ich Rotkäppchen hier hätte.
Doch will ich schlau die Sache anstellen,
Und mich als das alte Weib jetzt stellen.

Ich setze die Haube auf, es wird schon finster,
Es kommt nicht viel Licht durch die Fenster.
So lieg' ich im Bett, als wäre ich kränklich.
Ich höre sie schon, sie kommt nachdenklich.

Rotkäppchen tritt herein.

Rotkäppchen. Großmutter, bist du schon zu Bett gegangen?
Wolf. Schon seit einer Stunde; ich hatte Verlangen,
Dich, liebes Kind, wieder zu sehn, mir ist nicht wohl.
Rotkäppchen. Ich dich von der Mutter schön grüßen soll.
Sie schickt dir ein gekochtes Huhn,
Das wird dir wohl in der Schwachheit thun.
Du liegst zu Bett', doch am verkehrten Ende.
Ei, Großmutter, was hast du für närrische Hände!
Wolf. Sie sind gut, damit was fest zu halten.
Rotkäppchen. Es wollten zu Hause die beiden Alten,
Daß ich die Nacht bei dir bleiben sollte.
Wolf. Das war es, was ich selber wollte.
Rotkäppchen. Sie sagen, es ist nicht gut in der Nacht zu gehn,
Man könnte mir da nicht für Schaden stehn.
Ei, Großmutter, was hast du für große Ohren!
Wolf. Ich kann damit desto besser hören.
Rotkäppchen. Ich hatte so zu dir zu kommen Verlangen,
Nun wird mir hier in der Stube so bange!
Ei, Großmutter, was hast du für große Augen!
Wolf. Desto besser sie zum Sehen taugen.

Rotkäppchen. Auch die Nase sitzt dir nicht so wie immer.

Wolf. Mein Kind, das macht der Abendschimmer.

Rotkäppchen. Großmutter! Was hast du für 'nen großen Mund!

Wolf. Desto besser er dich fressen kunnt!

Rotkäppchen. Ach, Hülfe! Hülfe! Kommt, helft meiner Not!

Wolf. Du schreist vergebens, du bist schon tot!

(Der Verhang des Bettes fällt zu. Die beiden Rotkehlchen fliegen durch das Fenster.)

Erster Vogel. Komm, laß uns durch das Fenster fliegen.

Zweiter Vogel. Rotkäppchen ist drinne, unser Vergnügen.

Erster Vogel. Sie liegt wohl im Bett. Ich seh' nach ihr.

(Hüpft hinter den Verhang.)

Zweiter Vogel. Die Luft zieht hübsch durch Fenster und Thür.

Erster Vogel (kommt zurück). O weh! O weh! O Jammer und Not!

Zweiter Vogel. Was giebt's?

Erster Vogel. Der Wolf ist da, Rotkäppchen schon tot.

Beide. O weh! O weh! der großen Not!

Der Jäger sieht zum Fenster herein.

Jäger. Was schreit ihr denn so gar erbärmlich?

Vögel. Rotkäppchen ist tot so ganz erbärmlich;
Der wilde Wolf hat sie zerrissen
Und auch zum Teil schon aufgefressen.

Jäger. Ich schieße schnell zum Fenster hinein.
(Er schießt hinein.)
Da liegt der Wolf und ist auch tot;
So muß für alles Strafe sein.
Er schwimmt in seinem Blute rot.
Es kann Einer wohl ein Verbrechen begehn,
Doch kann er nie der Strafe entgehn.

Ludwig Tieck.

NOTES.

FIRST PART.

P. 1, l. 1. Ihr kleinen, etc. The adjective klein is sometimes placed in German before diminutives, in order to make them more emphatic. The fuller form Kindelein instead of Kindlein is used in poetry only.

l. 3. Läßt seh'n sich, etc. for läßt sich frei sehen, *shows itself boldly*, is a poetical inversion.

l. 6. Wer dir . . . nicht bleiben mag, lit. 'does not like to stay in your presence,' say, *must yield to you.*

l. 7. Leucht' uns. The elision of the vowel e, which so often occurs in German, is marked by an apostrophe.

l. 11. The form dorten is sometimes used instead of dort, more especially for rhythmical purposes. Aller Orten, *everywhere.*

P. 2, l. 1. Nachtruh' halten, *stay at night; sleep.*

l. 3. Will's nicht. The personal pronouns, especially those of the first person, are sometimes omitted in German poetry.

l. 5. The expletive doch may here be rendered by *do*.

l. 7. The form of address at parting, Gott befohlen, denoting lit. 'be commended to God,' corresponds to the Fr. *adieu* and the E. *good-bye.*

l. 9. Es, say, *there.* Cp. **P. 9**, l. 6, *n.*

l. 13. Es weiß, etc., *it cannot say much.*

l. 17. Sausewind, etc., say, *rushing wind, roaring wind.* The alliterative expressions Sause and brause are used to convey the sound of the wind.

l. 21. The inflective terminations of viel and weit (**P. 3**, l. 1) are omitted for the sake of the rhythm.

P. 3, l. 3. Erjagen, meaning lit. 'to obtain by hunting,' may here be rendered, *obtain*.

l. 5. Klingenden Heeren, i.e. the stars, say, *the harmonious hosts of heaven*. This is an allusion to the harmony of the spheres.

l. 7. Bist du, *if thou art*.—The conjunction wenn may be omitted in conditional sentences, in which case the sentence is given in an inverted form.

l. 13. The names Hans and Hänschen, the diminutive forms of Johannes, are frequently used to denote a silly or thoughtless person, somewhat like the English *Jack*.

l. 14. The conjunction doch, *but*, is understood here, and in ll. 16 and 22.

l. 23. The auxiliary verb hat is to be understood after begonnen. The auxiliary verbs haben and sein may be omitted in compound tenses, especially in dependent sentences.

P. 4, l. 7. Hänschen ist, etc. The form Hans is used to show that he has now grown old.

l. 8. The verb sitzen is here used in the sense of sein, *to be*, and voll is employed instead of voller, for the sake of the rhythm.

l. 10. Abends und, etc., say, *early and late*.

l. 16. Render Daß aus, etc., *that I am good for nothing*.

l. 21. Ohne Rast und Ruh, *without rest or repose*.—Two expressions, generally synonymous and frequently alliterative, are often placed side by side in German, to make a statement more emphatic.

P. 5, l. 4. For the omission of the auxiliary verb ist in this line and in l. 7, cp. **P. 3**, l. 23, *n*.

l. 6. For the omission of ich, cp. **P. 2**, l. 3, *n*.

l. 8. Fort und fort, *ever away*.—The repetition of the adverb fort denotes the continuity of the movement.

l. 16. Dem Heimatland, etc., arrange: dem lenzgeschmückten (*spring-clad*) Heimatland entgegen.—The attributive adjective is in German higher diction sometimes placed after the noun which it qualifies, in which case the article is often repeated.

Beim Regen, *during the rain*.

l. 18. Schein . . . nieder, lit. 'shine down' or 'away;' say, *drive away*.

l. 22. Alten Regen.—The attribute alt, like its English equivalent 'old,' is sometimes used in familiar language to denote anything *unpleasant*.

l. 24. The conjunction daß, may be used in German in the sense of so daß, *so that*, or damit, *in order that*.

P. 6, l. 3. Durften has here the meaning of konnten.

l. 4. Im halben Traum, *half dreamily*.

l. 5. Fänden sie. Cp. **P. 3**, l. 7, *n*.

l. 10. Wie vor, etc., *as in the past; as before*.

l. 13. **Kommt** . . . gezogen, *wends his way*.—When kommen is used in connection with another verb denoting a continuous motion, the latter is put in the p. p. and transl. by the pres. part. in *ing*.

l. 16. The name Weih, properly meaning 'vulture,' is applied to any bird of prey. Here it is used for *eagle*.

l. 22. Fleugt und kreucht, say *flies and crawls*. The old forms fleugt und kreucht for fliegt und kriecht, are now used in poetry only.

The present poem forms the beginning of Act III of Schiller's *Wilhelm Tell*, and is sung by Tell's son Walther. (Cp. for the notes Dr. Buchheim's edition of *Wilhelm Tell*, C. P. S. l. 1466, etc.)

P. 7, l. 4. Englisch (M. H. G. engelisch), the derivative of Engel, *angel*, denotes 'angelically,' and may here be rendered, *sweetly*.

l. 15. Meine himmlisch, etc., say, *my own dear mother*.

l. 16. Doch so, say, *very*.

P. 8, l. 2. The neuter alles may be used in German in the sense 'of all persons, without exception,' say here, *every one*.

l. 3. Hervor aus, *out of*.

P. 9. The first lines of this poem are based on a fragment by the Lesbian poetess Sappho, a translation of which may be found in Moore's *Evenings in Greece*.

l. 4. Translate Im—innen, in this line, and Im in l. 5 *within the*.

l. 6. The pronoun es, so often used in German poetry before verbs, as a kind of grammatical subject, may frequently be translated, *there*, or, as in the present case, it may be omitted in the translation.

l. 9. The word gehen is often omitted after hinaus, if the sense of motion is clearly expressed.

P. 10, ll. 2, 3. The dative of the personal pronouns followed by the def. art. is often used in German idiomatically, instead of the possessive pronouns as here; mir die instead of meine.

Die Lorelei. The legend of the beautiful witch, who dwells on the steep 'Lorelei rock,' between St. Goar and Oberwesel, and lures the boatman to destruction by means of her songs, is of comparatively modern origin. It was first conceived by Clemens Brentano (b. 1778; d. 1842), and popularised by Heine. Lorelei denotes lit. 'the rock of Lore.'

l. 8. Das—Sinn, say, *I cannot forget.*

l. 10. Wunderbar, refers to Jungfrau. Translate: *a maiden wondrous fair.*

l. 20. Melodei, properly Melodey, the obsolete form of Melodie, is now used in poetry only.

P. 11, l. 1. Die Wellen, etc., *the waves will swallow.*—In German the present tense may be used instead of the future, when the action referred to is considered as sure to happen.

Hab' Dank, *thank you.*

l. 6. Cp. **P. 9,** l. 9, *n.*

l. 10. Wie ist, etc., *how can I manage it.*

l. 12. Hangen is now used in poetry only for hängen; it is employed here, to form an alliterative expression with prangen.

l. 14. Hätte . . . so gern, *should so much like to have.*

l. 18. Den allerschönsten, *the most beautiful of all.*—The gen. of all is prefixed to the superl. of adjectives to intensify the meaning.

P. 12, ll. 1, 2. Wohlthaten still, etc., i.e. kind deeds done quietly and unselfishly are imperishable, say, *are like the dead.*

l. 9. In . . . Meer, *in the blue æther.* Meer is here poetically used for Luft.

l. 10. Dir zu fühlen. Cp. **P. 10,** l. 2, *n.*

l. 14. Mit einem Mal, *suddenly.*

l. 16. Was führst du, etc. = was für ein . . . führst du.

P. 13. This poem is a youthful reminiscence of Heine.

l. 7. Kikeriküh, say, *cockadoodledo.* Both are imitative expressions (called in grammar 'onomatopoetic' words), used to imitate the crowing of the cock.

l. 10. The dem. prn. die is here redundant.

l. 12. Und—Haus, *and lived in great style.*

P. 14. The word Erinnerung, lit. 'reminiscence,' 'reminder,' can also be used in the sense of *admonition,* as is the case here.

l. 15. The dem. prn. das is often used in the sense of alles, *everything.* Ost stands here for Ostwind, *eastwind.*

l. 17. Zurück, etc., i.e. *go away from the window and shut it.*

P. 15, l. 1. Stübchen klein, **P. 1,** l. 1, *n,* and **P. 5,** l. 16, *n.*

l. 4. So heimlich gut, *so comfortable and cosy.*

ll. 5–7. The lines Da—Scherz, must be rendered somewhat freely, viz. *in each mind thoughts of mirth and gravity awake.*

ll. 8–10. In Vertraulichkeit, i.e. *in pleasant intercourse the heart expands and time passes quickly.*

Rätsel. The present poem is one of the poetical riddles which Schiller composed for his 'Dramatisches Märchen' *Turandot.* It is hardly necessary to add that the answer is *the lightning.*

l. 17. Auf Erden, *upon earth.*—Feminine nouns were formerly declined in the singlar number as well as in the plural, and this practice is retained in some expressions and phrases. Cp. the nouns: Sonnenschein; Heidenröslein.

l. 19. Render Sich . . . vergleicht, *can compare.*

l. 22. In einem, etc., i.e. *in the same outburst of fury.*

P. 16, l. 8. Wie . . . es sei, *however . . . it may be.*

l. 12. Es stirbt, etc., i.e. *it perishes in the moment of killing.*

P. 17, l. 6. So hoch da droben, *yonder so high*, i.e. on the mountain.

l. 7. Wohl, here, *truly.*

l. 8. So—erschallt, *as long as my voice resounds*, i.e. as long as I live.

l. 11. Tief die, etc., *far below is heard the confused din of the world.*

l. 13. Blasen, lit. 'to blow,' say, *blow our horns.*

l. 14. Daß—verhallt, *so that it dies away in a thousand echoes.*

l. 18. Draußen, i.e. *in the wide world.*

l. 19. Ewig—Alten, *we will ever remain the same.*

Der Jäger Abschied is one of Eichendorff's most popular songs.

P. 18, l. 2. Der einen, say, *her own.*

l. 10. Bau . . . hin, *build on.*

l. 13. Hier—Fest, may be rendered, *here there will be rejoicing.*

l. 14. Niedern Sims, say *lowly eaves.* Sims, lit. means 'coping.'

l. 15. Ein frommer, etc. The German peasants consider it a good omen if swallows build their nests under the eaves of their cottages.

P. 19, l. 1. Keine—Seite, *no breeze from any quarter.*

l. 2. Todesstille fürchterlich, *terrible deathlike silence.* Cp. **P. 5,** l. 16.

l. 5. Zerreißen, here, *to be dispersed.*

l. 7. Äolus was the Greek god of the winds. The rising of the wind is therefore figuratively expressed by his 'loosening the fearful band.' Cp. Homer, *Odys.* x. 1, etc.

l. 9. Es säuseln, etc., *the winds murmur.* For the gram. subject es cp. **P. 9,** l. 6.

The poem Festlied, '*Song of the Festivals*,' celebrating the three principal Christian festivals, is very popular in Germany.

l. 17. Gnadenbringende, *Salvation bringing.*

l. 18. Welt ging, etc., *the world was lost.*—The article is frequently omitted in German poetry.

SECOND PART.

P. 21. Schäfers Sonntagslied, *the Shepherd's Sabbath-lay.*

l. 1. Das is here a demon. prn., and must be rendered, *this.*

l. 2. Auf weiter Flur, say, *in the open meadow.*

l. 3. Render Noch eine Morgenglocke nur, *only one matin bell is heard.*

l. 6. Süßes Grau'n, etc., *sweet awe, mysterious movement.*

l. 10. The pers. prns. are often inserted after the subject in German poetry, in order to make a statement more emphatic. Cp. the redundant use of the pronouns in older English poetry.

l. 11. So ganz als, *just as though.*

P. 22, l. 1. Cp. for the rendering of this line, **P. 3,** l. 7, *n.*

l. 3. In der seinen, *in his own chamber.*

l. 4. Habe Acht, *beware.*

l. 6. Cp. **P. 5,** l. 24, *n.*

l. 7. Wohl durch . . . einödige, *on through the lonely.*

l. 8. The verb jagen, used intransitively, may be employed in the sense of *to gallop.*

l. 10. The adverb selten is here used in the sense in which *rarely* may be employed in English, viz. to indicate something 'unusual,' or 'out of the common'; say, *strangely.*

l. 12. The form Gemüte for Gemüt, is rarely used.

l. 21. Render An—Festungsduft, *of Austria's gloomy fortress air.* Festungsduft means lit. 'fortress odour.'

It is scarcely necessary to explain that this poem refers to the return of Richard I, Cœur de Lion, to England after his captivity in the Castle of Durrenstein in Austria.

P. 23, l. 1. Säuseln, here *whisper.*

l. 10. Render Schaltet und waltet *rules*, and Sang und Klang (l. 14), *joyous sounds*, and cp. **P. 4,** l. 21, *n.*

l. 15. Und—schwebt, *and spreads blessings everywhere.*

l. 17. See for the rendering of hinaus, **P. 9,** l. 9, *n.*

l. 18. Wohl is here used in the sense of es ist gewiß, *it is certain that.*

l. 21. Getrost—nicht, *rest assured it will not fail thee*. Cp. **P. 11**, l. 1, *n.*

P. 24, l. 8. The ancient town of Worms on the Rhine was during the Middle Ages frequently the meeting-place of the Imperial Diets of Germany.

l. 11. Hegen, here, *contain*.

l. 14. After the extinction of the Karlings in Germany, the Empire became elective, and the duty of electing the Emperor devolved, after 1356, on certain princes,—originally seven in number—who were called Kurfürsten, Princes Elector. The noun Kur in the sense of *election* is derived from the O. H. G. verb kiesen, 'to choose.'

Der Kurfürst, etc., i.e. the 'Count Palatine of the Rhine.'

l. 18. Herr zu Baiern, *Lord of Bavaria*.

ll. 19, 20. Schaffen, daß, etc., *make my land no whit inferior to yours in treasure*.

l. 21. Eberhard, der mit dem Barte, *Eberhard with the beard*. Eberhard, Count of Württemberg (1445–1496), surnamed im Barte, was the founder of the former Duchy of Württemberg; he was created Duke in 1495 by the Emperor Maximilian I (1490–1520). He was greatly beloved by his subjects on account of his just and kind character.

l. 24. Render trägt, *contains*, and silberschwer, *rich in silver*.

P. 25, l. 1. The expression, ein Kleinod, *one jewel*, refers to the love and fidelity of his subjects.

l. 2. Noch so groß, *however large*.

l. 4. Jedem—Schoß, arrange, in den Schoß jedes Unterthans.

l. 5. Cp. **P. 9**, l. 6.

The poem Heidenröslein is mainly based on an old *Volkslied*.

l. 9. Sah ein, etc. = Ein Knabe sah, etc.

l. 10. For the form Heiden, see **P. 15**, l. 17.

l. 11. Morgenschön, i. e. schön wie der Morgen.

P. 26, l. 2. 's Röslein stands here for das Röslein, and must be pronounced as one word.

l. 4. Half ihm, etc., *no cry or sigh availed it*.

Vogelweisheit, lit. 'birds' wisdom,' say, *birds' philosophy*.

l. 8. Junge Vogelbrut, say, *ye young birds.*

l. 9. Eines—Lehren, *to the teachings of an old bird.*

l. 13. Wo sie hin = wohin sie.

l. 17. The indef. prn. man, so frequently used in German, may be rendered in English: *they*, *people*, etc. Cp. the French *on*.

P. 27, l. 2. Green is the colour of hope.

l. 4. Sonne kommt ja, *the sun is sure to come.*

l. 6. The prn. dir in this line makes the statement more emphatic, but it may be omitted in the translation.

l. 10. Bis an den, *as far as the.*

l. 15. Apfelregen = Regen (shower) von Äpfeln.

l. 20. Daß ihm, etc., say, *that he wanted still more.*

P. 28, l. 1. Zum Spiele, *playfully.*

l. 2. Es refers of course to das Kind; and er, in the next line, to Apfel.

l. 6, etc. Und treibt es, *continues his sport.*

l. 9, etc. The e is often inserted in poetry in the second or third person sing. of the pres. tense and in the past part., either for the sake of the rhythm, or in order to obtain a feminine rhyme, as here denket and geschenket (l. 11), and wieget (l. 10).

l. 15. In freier, say, *in his open.*

l. 16. Erfinden is often used in the sense of finden, or befinden, *to find.*

l. 17. Den Bart.—In German, as in French and Greek, the def. art. is generally used, instead of the poss. prn., when no ambiguity can arise.

l. 19. Ich mein', *I ween.*

l. 20. Soll geholfen sein, *it shall be remedied.*

l. 21. Bei aller Ritterschaft, etc., i. e. *I swear by all knighthood that it shall be remedied by my own strength.*

l. 24. In Lüften is a poetical licence for in der Luft.

P. 29, l. 4. Es zieht, etc., *the frost spreads.*

l. 7. Im Nu, *in a twinkling.* The adverb nu (from nun), is often used substantively, in order to express the instantaneity of an action, viz. in as short a time as it takes to say nu.

l. 8. Noch eh', etc., *before we are aware of it.*

l. 9. Gedenken, requires the gen. case.

l. 12. Und—singen, *and we will sing songs of thanks to him.*

l. 16. Blütenkeimen, say *the young shoots*, or *buds*.

l. 18. For the omission of sind after erstarrt, cp. P. 3, l. 23, *n.*

P. 30, l. 3. Render Rings, lit. 'around,' *everywhere.*

l. 8. Dazu—Mienen, *and also the faces of the little children.*

l. 10. Wohl, denotes here, *indeed.*

Das Mädchen, etc., *the Maiden from afar.*

l. 12. Mit—Jahr, lit. 'with each young year,' i. e. in the early part of the year.

ll. 19, 20. Beseligend war, etc., *her presence made all happy, and every heart expanded.*

l. 21. Eine Würde.—The indef. art. ein, sometimes conveys the meaning of *a certain.*

l. 22. Entfernte, etc., *checked all familiarity.*

P. 31, l. 2. Flur may be rendered here, *land.*

l. 3, etc. In—Natur, *in the sunshine of another country, in a happier clime.*

l. 5. Dem, is here, like jenem, a demon. prn. say, *to the one . . . to the other.*

l. 7. Am Stabe, *leaning on his staff.*

l. 8. Beschenkt, *with some gift.*

l. 10 Ein liebend, stands here for ein liebendes.—The inflectional termination of adjs. is often omitted in poetry before neuter nouns in the nom. and acc. cases.

It is generally supposed that this poem is an allegorical description of *poetry*, though some critics think that Schiller symbolised *Spring* by the 'Maiden from afar.'

l. 15. Klinge, *ring.*

P. 32, l. 1. Einen Spaß, *some fun.*

l. 2. Saß, here *dwelt.*

l. 6. Es—groß, *all this was not too much for her.*

l. 11. Nicht gut, *not right.*

l. 14. Render So darben . . . bei dem Mahl, *have a scanty meal.*

P. 33, l. 6. The verb ist after Sinn is understood.

l. 9 Dort wird, etc., *there they have music.*

l. 11. Dort wirft, etc., *there they even throw their hats into the air*, viz. in the exuberance of their joy.

l. 12, etc. Wie—erspriesslich, *how that annoys me, it is not at all edifying.*—The verb thun is frequently used in popular language as a kind of aux. verb of tense; it may generally be omitted in the translation.

l. 14. Ist nicht, etc., *it does not please me.*

l. 18. The colloquial phrase, wo ich auch geh' und steh', denotes, *wherever I am.*

l. 27. Auf jeder Hand, *on all sides.*

P. 34, l. 3. Wie—brennt, lit. 'how that burns into my heart;' say, *how that annoys me.*

l. 4. The expression Himmelkreuzelement may here simply be rendered, *botheration.*

l. 12. Zum Reihen oder Ländlern, say, *for dancing.* Reihen is a general term used for dancing. The Ländler is a country dance, which is danced chiefly by the peasants in Austria and Bavaria; it resembles a slow waltz.

l. 18. Dem Freudenschall, etc., *all respond to the joyous sound.*

l. 19. Jägersleute is the plur. of Jägersmann, *hunter*, in the same way as Kaufleute is that of Kaufmann.

l. 20. Weist sie, *shows them.* The verb weisen is rarely used with two accusatives, as is the case here.

l. 21. Viel Wilds, *plenty of game.*—The numeral adj. viel governs the genitive case, but the noun following it is frequently used without the genitive termination.

P. 35, l. 2. Wie ließen, etc., has here the force of warum, i. e. *why should they wait to be urged on.*

l. 3. Nimmt—Korn, *severely injures them.*—The idiomatic expression aufs Korn nehmen, 'to take aim' (Korn denotes 'sight' in connection with guns), is also employed figuratively, but it rarely occurs in the sense in which it is here used.

l. 4. Fahnen is here used in the sense of something that flutters in the wind, viz. *light garments.*

l. 5. Flitter is figuratively used for *finery.*

l. 7. The idiomatic expression Wolle lassen, for *to suffer*, is derived from the fact, that, when sheep pass under hedges, pieces of wool are often pulled out by the thorns.

l. 9. Abfangen is used in hunters' language for *to kill.*

l. 10, etc. Blieben . . . hangen, *were caught on.*

l. 12. Wie zerfetzt, *how tattered and torn your clothes are.*

The emperor to whom the present poem refers is Charlemagne (768–814), who is said to have been remarkably simple in all his habits.

It is perhaps hardly necessary to call the reader's attention to the middle-rhymes in the present poem.

Kaswiniade, *Kaswinian folly.* Kaswin is a large town in Persia. Several tales are current in the East illustrating the folly of its inhabitants. Similar stories have been told of several other towns or districts, as for instance of the inhabitants of Abdera in ancient Greece, of Schöppenstedt and Schilda in Germany, etc. Compare also the 'Three wise men of Gotham.'

l. 15. See for the translation of man **P. 26**, l. 17, *n.*

l. 16. Whenever a sentence contains an indirect quotation (oblique oration), the subjunctive is used in German. In strict accordance with grammar, the present subjunctive sei ought to be used here and in l. 18.

l. 19. In the East the places where the shops are situated are called 'Bazar,' i. e. market-place.

l. 20. Ein Kaswiner, etc., *a Kaswinian with a joyful face.*

l. 22. Ihm is here the so-called 'dative of interest,' and denotes that it would be to his disadvantage if the donkey were lost. Translate simply, *that he had lost his donkey.*

l. 23. When a sentence is introduced by ohne daß, the finite verb must be rendered by the English verbal form in *-ing.* Say, *without his ever having mounted*, etc.

P. 36, l. 2. Grautier, lit. 'grey beast,' is used jocularly for Esel. For the omission of the aux. verb, cp. **P. 3**, l. 23.

l. 3. Erkoren, lit. 'chosen,' here, *destined.*

l. 6. Als er sich verloren, *when it got lost.*

l. 7. Mit may here be rendered *also.*

l. 10. The alliterative expression, über Stock und Stein denotes *helter skelter; at full speed.*

l. 11. Kann hinterdrein, *can follow him.*

l. 12, etc. Der Treue, etc., *the faithful man drags himself after the swift rider.*

l. 14. Zu Falle, etc., *that he will drop down.*

l. 16. Ein Nagel, etc., *a nail has been lost from the horse-shoe.*—The word Huf, lit. meaning 'the hoof of the horse,' is here used for *horse-shoe.*

l. 19. Ei, Nagel, etc., *pooh, never mind the nail.*—The adverbs hin . . . her, placed after the same noun, used twice in succession, denote *no matter; never mind.*

l. 20. Der Hufe—mehr, *there are more nails in the horse-shoe.*—The partitive gen. is used in German with adverbs of quantity like mehr, genug, etc.

l. 21. The form ohngefähr for ungefähr is admissible in poetry only; here it may be rendered, *perchance.*

l. 24. Und schlagt, etc., *and if you do not fasten the horse-shoe.* The word Eisen is often used in German for Hufeisen.

l. 25. So ist, etc., *it will be all over with the horse.*

P. 37, l. 2. Hat Hufeisen, etc. The gen. pl. der is here omitted before Hufeisen, for the sake of the metre.

l. 5. Da ist, etc., *he struck against a stone.*

l. 7. The e in Herren is usually omitted in the singular, viz. Herrn. Here it is inserted for the sake of the metre.

l. 9. Schwer, *with difficulty.*

This poem will probably remind the reader of the nursery-rhyme: For the want of the nail, the shoe was lost, etc.

l. 11. Sag' an may be rendered, *tell me.* Lieber Vogel mein. The position of the poss. prns. after the noun to which it refers, as here and in the following line, is permissible in poetry only.

l. 12. The verb geht is understood in this line after wohin.

l. 14. Mich treibt, etc., *instinct impels me.*

l. 21. Ferne, lit. 'distance,' may here be rendered, *far-off countries.*

l. 24. Render Das ist Spiel, *that is easy.*

P. 38, l. 1. In . . . Sinn, *full of faith and piety.*

l. 5. Sie wurden, etc., *really fell to his share.*

l. 8. Leg' ich mich, etc., *I bask in it for hours.*—When lang is added to expressions of time, it generally corresponds to the English *for*, or *for whole*, as, wochenlang, *for weeks*, jahrelang, *for years.*

l. 9. Gesicht is here of course used in the sense of *sight.*

l. 10. Mir verhaßtem Licht, *thy light which is so hateful to me.*—German attributive expressions must frequently be rendered into English by a relative clause.

l. 11. Kann ich doch, *indeed, I cannot.*—The more usual expression would now be Schlupfloch.

l. 14. Hub an, *spoke.* The form hob is now the more usual form of the imperfect of heben.

l. 16. Scheint fort, *continues to shine.*—The adverb fort in connection with verbs, denotes continuity of action. Sometimes the adverb immer is also added, in order to make the assertion more emphatic.

l. 18. Vom nächt'gen Traum, *from the dreams of the night.*

P. 39, l. 1. Wie zittert's, *what a trembling lustre there is.*

l. 3. Am Bart der Distel, lit. 'on the beard of the thistle.' The downy or hairy part of the thistle is called in popular German language Distelbart.

l. 9. Laß an dir, etc., *let me climb up and live on you.*

l. 11. Umweben, lit. 'to weave round,' may here be translated, *surround.*

l. 12. The correct construction, used in prose, would be, weiche von mir.

l. 17. Hat sich erhoben, lit. 'has raised itself;' say, *has grown up.*

l. 19. Lustig toben, say, *sing merrily.*

l. 20. Halde denotes literally 'declivity,' or the plot of grass at the foot of a declivity; say here, *glade.*

l. 23, etc. Seine Worte, etc., *with smooth words he tickled her ears.*

P. 40, ll. 5, 7. See for the forms erfranket, umranket, **P. 28**, l. 9, *n.*

The Koran is the Sacred Book of the Mohammedans. Koran denotes in Arabic, the 'reading,' the 'book.'

l. 9. Emir Hassan, or more correctly *Abd-allah Hassan*, was the great-great-grandson of the Prophet Mahommed. The Arabic word Emir signifies 'commander.'

l. 12. Um zu, etc., *to partake of the meal.*

l. 13. Trägt vor ihn, *sets before him.*

l. 14. Ungeschickterweise, *awkwardly.*—Adverbs are often formed by means of the gen. of adjectives and the word weise. Cp. the English word 'wise,' in words like 'otherwise,' 'likewise,' etc.

l. 18. Und beginnt, i.e. and begins to speak.

l. 20. Die ihr stands here for diejenigen, die ihr.

l. 22. Versetzte weiter may here be rendered simply, *continued.*

l. 23. Wer Verzeihen, etc., *he who grants pardon to the offender.*

P. 41, l. 2. The verb steht in connection with geschrieben is rendered *is.*

l. 3. Daß am, etc., *that he shall rank highest.*

l. 4. Wer—lohnen, *who returns good for evil.*

l. 8. Des Propheten Gottes, i.e. Mohammed.

ll. 9–10. Laß dich, etc., *do not grieve and be sorrowful about anything.* Dauern and trauern are the forms now generally used.

ll. 15–16. Was willst, etc., *why will you care to-day for the morrow?* Was is often used in poetry for warum.

l. 18. Steht allem für, *provides for all.* Steht vor would be the modern form.

l. 19. Der giebt, etc., *He will give to you your part.*

l. 21. In allem Handel, *in all your dealings.*

P. 42, l. 2. The obsolete form beschleußt, *ordains*, for beschließt, is now used in poetry only.

l. 3. Heißt, here, *remains.*

Paul Fleming was born in 1609 and died 1640, hence his frequent use of obsolete terms.

l. 9. Hab' ich, etc., cp. **P. 3,** l. 7.

l. 10. Sieh es, etc., *do not notice it, O Lord.*

l. 14. Laß ruh'n, etc., i.e. let rest in thy protection.

l. 16. Befohlen, here, *commended.*

P. 43, l. 1. Scheu, *timid; frightened.*

l. 3. Allumher, *round about.*

l. 5. Des unbewußt, *unconscious of it.*—Unbewußt governs the genitive, and des is the abbreviated form of dessen, which would be used in prose.

l. 13. Doch keiner, etc., *but no one would risk his own life for that of a stranger.*

l. 16. Will, here, *wants; is anxious to.*

l. 20. O qualvoll, etc., *O terrible, heartrending sight.*

l. 21. So rettet nichts, i. e. so there is no rescue.

l. 22. Dahingegeben, *given up to.*

P. 44, l. 1. Um Gotteswillen, say, *for Heaven's sake.*

l. 3. Zurück den Schritt, *turn back.*

l. 4. Du—mit, viz. you will only die with the child.

l. 8. In—Arm, translate *into her protecting arm.*

l. 11. So jung, etc., *both young and old, how powerful is a mother's love.*

This poem is said to be based on an actual occurrence.

l. 15. Ein Klingen, say, *mysterious sounds.*

l. 20. Spülen . . . ihm um die, *flow round his.*

l. 21. Es ruft, *a voice calls.*

l. 22. The omission of the inflectional termination -er in adjs., as here in lieb, is permissible in poetry only.

The above song is founded on the legend, that those who fall asleep near the Lake Calendari, on the mountain of Aros, are irresistibly drawn into the water.

P. 45, l. 3. Senne is the name given in Switzerland and Bavaria to the *herdsman*, who goes with cattle on the mountains during the summer months.

l. 5. Zu Berg fahren, *to ascend the mountains*, is with Swiss herdsmen the technical expression for going with the cattle into the mountains.

l. 8. Wenn die Brünnlein, etc. Some wells in Switzerland, called *fontes maiales*, 'May wells,' only flow from spring to autumn.

l. 13. Es donnern, etc. Continuous rumbling noises are heard on the glaciers.

Steg, here a narrow *foot-bridge* made of trees or planks.

l. 14. The verb grauen, to feel great fear, is only used impersonally, viz. es graut mir, I am afraid; hence: Nicht grauet, etc., *feels no dread;* schwindlicht, *dizzy.*

l. 18. Grünen, here, *to flourish.*

l. 19. Ein neblichtes Meer, *an ocean of mist.*—Persons standing on high mountains often see the lower regions covered by mist, and discern the inhabited world only through the rents in the clouds.

l. 23. Tief unter, etc., *below the waterfalls and the torrents rushing from the mountains.* Grünende (l. 24) = grün.

The above songs form the opening of Schiller's Drama, *Wilhelm Tell.* Cp. for the notes the School Edition of that drama, published by Dr. Buchheim in the C. P. S.

THIRD PART.

P. 46, l. 4. Hell, here, *loudly.*

l. 5. Traurig tönt, etc., *the little bell sends down a mournful note.* Tönt also refers to l. 6, where it may be lit. translated, *sounds.*

l. 9. Bringt . . . Grabe, say, *are carried to their grave.*

l. 12. Dir auch, etc., *they will one day sing there a dirge for thee also.*

l. 13. Gut's stands here for Gutes.

l. 14. Ein verkehrter Rat, *perverse advice.*

l. 15. Beginn, denotes here *action.*

l. 18. Denn d'ran, etc., *for by this one knows the real Christian.* The adverb so is here a mere expletive.

P. 47, l. 14. Gesellen der Nacht, *as his nightly companions.*

Einkehren, denotes, 'to put up at an inn,' etc. The title of this poem may be rendered, *Resort.*

l. 15. Wundermild, *wondrous gentle.*

l. 16. Zu Gaste, *as a guest.*

l. 20. Bei dem, etc., *with whom I took shelter.* For the form eingekehret, wohlgenähret, cp. **P. 28,** l. 9, *n.*

l. 21. Schaum, lit. 'foam,' may here be rendered, *juice.*

P. 48, l. 2. Leicht beschwingte, etc., *light-winged.*

l. 3. Sprangen frei, say, *hopped about joyously.*

l. 7. Cp. for er **P. 21,** l. 10, *n.*

l. 9. Fragt' ich, etc., *I asked what I owed.*

l. 14. Gelimer was the last king of the Vandals in Africa. He was defeated by Belisarius in 534, and thereupon retired to a fort in Numidia, where he held out bravely against the Romans, till forced by hunger to surrender.

ll. 15, 16. Doch engen, etc., i.e. but already the enemy had closely surrounded the fort.

ll. 17–19. Noch einmal, etc., viz., once more I should like to enjoy life thoroughly, and once more to feel perfect confidence in myself.

l. 24. The adj. leinen is more usual than linnen, but the latter is the more poetical expression.

P. 49, l. 3. Both was will er, and was sollen (l. 4), may be rendered, *what does he want with.*

l. 5. The redundant das before will, need not be translated.

l. 6. Seit—bedeckt, i.e. since he has been confined in the fort.

l. 7. Rosten, are getting rusty, i.e. *lie idle.*

l. 9. For the omission of the prn. er here and in l. 13, cp. **P. 2,** l. 3, *n.*

l. 10. Die alten, etc., i.e. his old eyes, red with weeping.

l. 13. Will in, etc., *he wishes to sing to the sound of the cithern.*

l. 22. Render here, Herbei, *give me.*

P. 50, l. 1. Ein Lied, etc., *I will raise my voice in a song.* Erheben is here an equivalent for singen.

ll. 3, 4. Der scheide, etc., *let him depart from life, from whom freedom departed.*

l. 6. Liebesmahl, lit. 'love-feast,' may here be rendered, *banquet of friendship.*

l. 11. In letzten Lebensstunden = in den letzten Stunden meines Lebens.

l. 13. Waldesschatten, *shadow of the forest.*

ll. 15, 16. Die Länder, etc., viz. the countries round lie before me like darkening fields, and the stream like a silver streak.

ll. 17, 18. Schlagen die, etc., *the bells sound across the woods.*

ll. 21, 22. Der Wald, etc., i.e. the tree-tops of the wood on the mountain-side rustle, as if in a dream.

l. 23. Geht, here *moves.*

P. 51, l. 1. Jung Siegfried. Cp. **P. 19,** l. 18, *n*, and **P. 44,** l. 22, *n.*

l. 4. In—hinaus, *through the wide world.*

l. 5. Da, *then,* is understood before begegnet.

l. 8. Das war, etc., *that caused him bitter grief enough.*

l. 12. Flammen schlagen, *to blaze; to send forth flames.*

l. 14. The use of the pron. du after the imper. laß makes the request more emphatic; it corresponds somewhat to the English 'do.'

l. 17. Kunnt, the older form of konnte, is now used in poetry only.

l. 18. Er schlug, etc., i.e. his blows on the anvil were so powerful that he drove it into the ground.

l. 22. The expletive so has here the meaning of *very.*

P. 52, l. 5. The line Was—Schulden? may be freely rendered, *what causes failure?*

l. 11. Lehnt in, etc., i.e. is leaning against the window of his cottage.

l. 14. Ihn faßt may here be rendered, *overcomes him.*

l. 16. In translating the present poem, the reader should remember that the verbs used both by the peasant and the king, in their exclamations, are in the conditional mood, and should be translated accordingly, viz., Wie wollt' ich schalten, *how I should rule*; Wie ging' ich, *how I should go*, etc.

l. 18. Und teilte . . . aus, *and would bestow.*

P. 53, ll. 1, 2. Wie strahlte dann, etc., i.e. how many a radiant glance would next morning for the first time meet the sun with joy.

l. 3. Wie staunten, etc., *with what surprise would the happy ones look at each other.*

l. 8. In das, etc., *into the general silence; into the silent expanse.*

l. 10. Wie gern, etc., *how gladly I would do without.*—The verb entraten, in the sense of entbehren, 'to do without,' governs the gen. case.

l. 13. The older form Herze is here used instead of Herz, for the sake of the metre.

l. 15. Was tausend Hände, etc., i.e. what thousands have not been able to procure for him, namely, the knowledge of himself.

l. 19. Blick is here used figuratively for Auge.

l. 21. Über Feld gehen, *to go across the fields.*

l. 22. The compound nachtverirrt has been coined by Rückert, to denote, *having lost their way in the night.* Erlangen, lit. 'to obtain,' is here used in the sense of *to reach.*

P. 54, l. 3. Wohl dem, *happy he.*

l. 4. Den Weg, etc., *the way on this earth.*

Erlkönigs Tochter. Herder adapted this poem in his *Stimmen der Völker* from the Danish, and erroneously rendered the word Ellerkonge, which means 'King of the elves,' by Erlkönig, i.e. 'King of the alders.' Goethe, in his celebrated ballad, also adopted this euphonious name for the 'King of the elves.'

l. 6. Zu bieten auf is a poetical licence for aufzubieten, *to summon.* The words Hochzeitleut' and Hochzeitschaar (**P. 55**, l. 16) stand for *wedding-guests.*

l. 9. For the use of was for warum in poetry, cp. **P. 41**, l. 15, *n.*

l. 10. Tritt hier, etc., *join the dance.*

l. 12. Frühmorgen stands here for morgen früh, *to-morrow morning.*

l. 13. Hör' an . . . tritt tanzen, etc., *listen to me . . . dance with me.*

l. 14. Güldne, the older form of golden, is still used in poetry.

l. 20. Einen Haufen Goldes.—The sign of the genitive is in prose generally omitted after Haufe, and similar nouns denoting quantity or number.

l. 22. Ich nicht, etc., *I neither may nor can.*

l. 23. Und willst . . . mit mir, *and if . . . you will not.*

l. 24. Folgen dir, *pursue you.*

P. 55, l. 1. Sie that, etc., *she struck a blow on his*, etc.

l. 3. Bleichend stands here for erbleichend, *growing pale.*

l. 4. Fräulein wert, may here be rendered, *Lady fair.* Cp. **P. 5,** l. 16, *n.*

l. 5. The expression vor Hauses Thür, instead of vor der Thüre des Hauses, is permissible in poetry only.

l. 6. Dafür, for davor, *before it*, is now obsolete.

l. 8. Blaß und bleich, *so very pale.* Cp. **P. 4,** l. 21, *n.*

l. 10. The use of ich traf for ich geriet, *I came by chance*, is rather unusual.

l. 11. So lieb, etc., *so dear and beloved.*

l. 13. Ich sei . . . zur Stund', *that I am at this moment; at present.* Cp. **P. 35,** l. 16, *n.*

l. 14. Zu proben, etc., *to try there my horse and my dog.* The poss. prn. meinen before Hund is omitted here and in l. 20 for the sake of the metre.

l. 15. Frühmorgen, has here its original meaning, i.e. *early in the morning.*

l. 17. Schenkten, stands here for einschenken, *to pour out.*

l. 21. Scharlach rot, i.e. the *scarlet cloth* covering the body, is, properly speaking, a tautology, Scharlach signifying by itself a brilliant red.

l. 25. Und deren Recht, etc., i.e. who have the same right as you to all the goods of this world.

P. 56, ll. 1, 2. Noch zu dir . . . gehn, *should yet flow towards* *you.* Gesegnet stands here for gesegnete, it being used somewhat adverbially; say, *happy.*

l. 9. Von Strahlen, etc., *radiant with light.*

l. 10. Es war, etc., i.e. it was as if the angel saw his own radiant face reflected in a spring.

l. 13. Fleuch. Cp. P. 6, l. 22, *n.*

l. 16. Erblühst—Leide, say, *you will only grow up for suffering.*

l. 20. Ohne, etc. Cp. P. 3, l. 23, *n.*

l. 21, etc. Es gab noch, etc., i.e. there was as yet no sunny day which gave assurance that there would be no storm on the following morning.

l. 22. The expression der Bürge ward, means lit. 'which was a guarantee.'

P. 57, l. 1. Render sich setzen, *to settle*, and Brau l. 2, which lit. means 'eyebrow,' by its cognate, *brow.*

ll. 3, 4. Und bleichte, etc., viz. 'and should bitter tears ever dim the azure of these eyes?'—The term Ätzen is here used in the technical sense of 'corroding.'

l. 7. Der Himmel, etc., i.e. Heaven will readily remit those days which the child was destined to pass in mourning here below.

ll. 11, 12. Laß deinen, etc., arrange: Laß sie (i. e. deine Mutter) deinen letzten Augenblick begrüßen, wie sie deinen ersten begrüßt hat.

l. 14. Ein Auge brach, an eye was closed, i.e. some one died.

l. 19. Erhub is the old form of the imperfect of erheben.

P. 58, l. 2. Cp. for gülden **P. 54**, l. 14, *n.*

l. 9. Ehre must here be rendered, *glory.*

l. 10. Dem hohen Herrn, *to the great Lord.*

l. 19. Ein andres, etc., *it changes every hour.*

P. 59, l. 8. Saugt er ein, *it drinks in.*

l. 11. Was er, etc., *which it gives back.*—The answer to this riddle, which was written by Schiller for his 'Dramatisches Märchen,' *Turandot*, is 'The Eye.'

Friedrich Rotbart, Friedrich I of Hohenstaufen, surnamed, on account of the colour of his beard, *Rotbart* by the Germans, and *Barbarossa* by the Italians, was Emperor of Germany from 1152–1192. He joined in the third crusade, and was drowned in the river Seleph in Asia Minor. He was much beloved by the German people, who refused to believe in his death. A number of legends centred round his name. That to which the present poem relates is the most popular. Rückert's well-known poem on the same subject will be found in Buchheim's *Modern German Reader*, Part II (C. P. S.), p. 118.

l. 13. Im Schoße, lit. 'in the lap,' may here be rendered, *within*.

The *Kyffhäuser Mountain* is situated in Thuringia.

l. 14. Ihn umwallt, *round him flows*.

l. 17. Vorgesunken ruht, etc., *his face bent forward, rests*.

P. 60, l. 2. Harnischglänzend, etc., *with shining armour and girded swords*.

l. 4, etc. Bis der, etc. The poet now describes the vision of the awakening of Barbarossa, and the restoration of the German Empire.

l. 5. Stolzen Fluges . . . zieht, *will proudly fly*.

l. 6. Cp. **P. 5**, l. 24. The legend relates that, when the ravens no longer fly round the Kyffhäuser, the Emperor will return and restore the German Empire to its old power and glory.

l. 9. Springet auf, etc., *the brazen gates burst open*.

l. 10. Mit den Seinen, etc., *rises with his warriors in splendid armour*.

l. 14. The old Emperors of Germany, or rather, the 'Emperors of the Holy Roman Empire,' as they were called, used to be crowned in the Cathedral of Aachen (Aix-la-Chapelle), founded by Charlemagne. The official name of the old German Empire, which came to an end in 1806, was, Das heilige römische Reich deutscher Nation.

P. 61. Heimgekehrte, *returned wanderers*.

l. 5. The verb waren is omitted after daheim.

l. 6. Rückt—herbei, *come all their friends and relations*.

l. 7. Da wirbelts, etc., *then countless questions are asked*.

l. 8. Einmal, here, *just*.

l. 10. Viel Rares nicht, *nothing very extraordinary*.

l. 14. Leuchtenden Blicks, *with sparkling eyes*.

l. 17. Wer recht, etc., *he who wishes to wander right joyfully, let him go to meet the sun*.

l. 18. So kirchenstill, *as quiet as in a church*.

l. 20. Mag sich regen = regt sich.

P. 62, l. 5. Darin uns, etc., i. e. in which we find recorded in varied lines many a.

l. 14. Und will, etc., *and soars on high*.

l. 16. Stimmt in, etc., *joins in his bright glow*.

The poem Die Jagd von Winchester, refers to the well-known story of William Rufus's death in the New Forest.

l. 18. Schweren, say, *troubled*.

l. 20. Rief seine, etc., *summoned all his lords*.

P. 63, l. 5. Uhland has given the name *Sir Titan* to the slayer of the king instead of the historical one of 'Sir Walter Tyrrel.'

l. 6. Drückt ab, *lets fly his arrow*.

l. 12. Find't, syncope for findet.

l. 15. Wohl träf' ich gern, *I should like to kill*.

l. 18. The attribute hehen may here be rendered *noble*.

l. 22. Euch reiche, etc., say, *rare game* (i. e. a great prize) *fell to your share*.

l. 24. The Leopard was formerly represented in the English arms instead of the Lion.

P. 64, ll. 6, 7. Mit einem Mal, *at once*. Regenzeit, lit. 'rainy season,' say here, *rain*.

l. 12. Wenn, etc., say, *when the hot sun melts the glacier*.

l. 13. Wenn die, etc., i. e. when the mountain springs are no longer frozen.

l. 15. Und das, etc., *and the wood is full of joyous sounds*.

l. 17. It must be assumed that the poet has here used the sing. würzt instead of the plural würzen, for the sake of the rhythm.

P. 65, l. 1. Frau Amme, etc., say, *nurse, nurse*.

l. 2. Die is here a dem. prn.; translate *she*.

l. 7. Nimmt es, etc., *it takes its way.*

l. 11. Ermüdet, translate, *gets wearisome.*

l. 14. The pred. süß is here used in the inflected form, viz. süße, for the sake of the rhyme.

l. 16. Viel stumme, etc., i.e. the child sends down into the well many silent, friendly greetings.

l. 23. Durchschauert's, etc., *feels a cold, strange shudder.*

P. 66, l. 3. The *Katzbach* is a river in Silesia. The incident here related occurred in the famous battle fought there Aug. 26, 1813, in which Fieldmarshal Blücher defeated the French.

An der . . . hingestrecket, *he lies on the ground near.*

l. 8. Zu . . . bricht, *reaches his ears.*

l. 11. herüberdringet, *there reaches him.*

l. 16. Cp. for steinern, **P. 31,** l. 10, *n.*

l. 17. The expression schmettern, used generally of brass instruments, to indicate their loud and piercing sound, may here be rendered, *rings.*

l. 19, etc. Und wie, etc., *and like a peal of thunder fills the land with the sound of victory.*

P. 67, ll. 1, etc. Doch als, etc., *but when the sound has ceased, he removes.*

l. 3. Das . . . zersprungen, *his heart is broken.*

l. 8. Das heißt, *that is.*

ll. 14, 15. Kaum gedacht, etc., *scarcely has pleasure been thought of, when it is ended.*

l. 20. Schönheit und Gestalt, *beauty and comeliness.*

l. 21. Cp. **P. 33,** l. 12, *n.*

l. 22. Die wie Milch, etc., *which look beautiful, like milk and blood.*

P. 68, l. 5. The poem Reiters Morgengesang has become a popular *Volkslied*, and is the best-known of William Hauff's poetical productions.

Heine's poem, *Belsazar*, is founded on Daniel v. 1–29.

l. 9. Da flackerts, *their lights blaze.*

The word Troß, which may here be rendered *crew*, has generally a contemptuous meaning attached to it.

l. 15. Render So klang . . . recht, *the sound pleased.*

l. 16. Render leuchten Glut, *are aglow.*

P. 69, l. 1. Der König rief, etc., i.e. the king gave the order to fetch the sacred vessels taken from the temple of Jehova.

l. 9. Render Dir—Hohn, *I defy thee in all eternity.*

l. 12. Dem König, etc., *secret terror filled the king's heart.*

l. 14. Es wurde, etc., *a dead silence reigned.*

l. 16. Da kam's, etc., *something came forth, like a human hand.*

l. 21. Saß falt, etc., *sat overcome by horror.*

P. 70, l. 1. Die Magier, *Magi*, are the priests of the religion of Zoroaster, at that time the religion of the Babylonian empire.

l. 2. Flammenschrift, *letters of fire.*

l. 5. Allen—gebracht, may here be rendered, *to all who are tired we wish it.*—The verb bringen or zubringen, is often used in German in the sense of 'wishing,' or 'giving something good.'

l. 7. Neigt der, etc., *when the day draws towards its close (then).*

l. 14. Den Wächter, i.e. the *night-watchman*, who used to call out the hours of the night, and blow the horn.

Fourth Part.

Tieck's dramatised version of Rotkäppchen, *Little Red Riding-hood*, appeared in his *Phantasus*, a collection of fantastic stories and dramatised fairy tales. The play is written throughout in irregular verse, and the reader will not fail to notice the frequent occurrence of imperfect rhymes, such as is often the case in German popular poetry, more especially in that of former periods.

P. 71, l. 11. Dazu krank gewesen, *I have, besides, been ill.*

l. 12. Cp. for thu', **P. 33,** l. 12.—The word thun, sometimes used, as here, in familiar speech to emphasize the verb, need not be translated.

P. 72, ll. 1, 2. So—bestellt, *that's the way of the world! Yes, yes, we are badly off.*

l. 3. Elsbeth is the abbreviated form of Elisabeth, say *Lizzie.*

l. 5. Es geht, etc., *the door moved.*

l. 7. Wie geht es dir, *how are you?*

l. 10. So mag, etc. *she will now probably doze a little.*

l. 12. Früh munter, *early awake.*

l. 16. Du liebe Zeit, *dear me.*

l. 17. Der—wacker, *it looks very good.*

l. 21. German peasants are in the habit of strewing white sand on the floors of their rooms on Sundays and holidays.

P. 73, l. 5. Es thäte Not, lit. 'it would be necessary,' say, *it would be right.*

l. 6. Render ließe liegen, *put aside.*

l. 8. The idiomatic expression, es geht nichts über, signifies, *nothing surpasses; nothing is better than.*

l. 10. Zum heiligen Christ, *at Christmas; as a Christmas present.*

l. 13. Schafft man, etc., *we shall see about a new one.*

l. 14. Wie—freuen, *how glad I shall be.*

l. 21. The idiomatic expression, Du bist und bleibst, may here be translated, *you ever are*, and ein wildes Ding, *a little madcap.*

l. 22. Als ich so . . . ging, *when I went along.*

l. 26. Was müssen denn wohl, *I wonder why.*

l. 28. Den mögen, etc., *they are probably hunting him.*

P. 74, l. 2. Draus is an abbrev. of daraus, here, *out there.*

l. 8. Translate hinunter, *throughout.*

l. 10. Daß einem, etc., *that our hearts are filled with joy.*

l. 13. Entfernt, stands here for entfernst, probably for the sake of the rhyme.

l. 17. Macht sich an, *goes to.*

l. 20, etc. Wohl, here, *even*; darein stands here for darin.

l. 27. Nicht . . . je, *never.*

P. 75, l. 1. Nimm in Acht, *pay heed to it.*

l. 2. Translate nie was eingebracht, *never done any good*

l. 3. Grüß, *give my love to.* Ich laß mich, etc., *I thank her.*

l. 5. Wohl, here, *I dare say.*

l. 7. The familiar expression Ruschel, signifying a careless person, may be translated, *giddy little thing.*

l. 8. Understand kommen after hinauf.

l. 10. Und kommt doch, etc., *and yet she will soon be grown up.*

l. 11. Eben nichts, *not much.*

l. 13. Cp. for Es geht, etc., P. 73, l. 8, *n.*

l. 16. Das will mir, etc., *that does not please me at all.*

l. 20. Ist . . . nichts nütze, *is not good for.*

P. 76, l. 2. Es gilt dem, etc. *I am after the brute.* Range denotes in its lit. sense a 'wild,' or 'rude person.'

l. 9. Fürcht't per syncope for fürchtet.

l. 16. Ich hab' ihn schon lang, etc. *I have long had my eye on him.* Cp. P. 35, l. 3, *n.*

l. 12. Ein braves Blut, say, *a valiant spirit.*

l. 14. Sonst sollt', etc., *else he had better stay at home.*—In popular language the term Ofensitzer is applied to a 'stay-at-home;' 'carpet-knight,' etc.

l. 18. So—gescheh'n, *he is certainly done for.*

l. 20. Es ist für so was, etc., *it is good enough for that sort of thing.* i.e. for hunting.

P. 77, l. 1. Bei meinem Leben, *on my word.*

l. 3. Dient zur Not, *may just do.*

l. 7. Render Wesen, here and in the next line, *character.*

l. 10. The form allerwegen, *everywhere*, is more usual than allerwege.

l. 11. Jedwed' is used instead of jedwedem, for the sake of the metre.

l. 12. Du liebe Zeit is an expression frequently used as a kind of interjection, and may here be rendered, *dear me.*

l. 13. Doch ist, etc., *it is a long way from there to red*, i.e. it is far inferior to red.

l. 16. Schön guten Tag, *a very good day to you.* Wo stands here for wohin.

l. 17. When certain objects are to be denoted in general,

without specifying them by name, the plural form Dinger is used instead of Dinge.

l. 23. Use the singular of the equivalent of Freude.

l. 25. Render freundliches Blut, *darling*. The word Blut is sometimes used in German in the sense of a 'person,' as ein junges Blut, 'a young person.'

P. 78, l. 1. Render lieben Gesellen, *dear little things*.

l. 2, etc. Eben selbst . . . gegeben, *himself given you*.

l. 6. Cp. **P. 2,** l. 3, *n.*

l. 13. 'Rum, the abbreviated form of herum, is often used in familiar language.

l. 15. Bei—Dienst, arrange: In dem Dienst von Rotkäppchens Vater.

l. 18. Was sie mir, etc., *what they would rather give to me than to others.*

l. 20. Steckt . . . zu, *gives me*. Zustecken has the meaning of 'giving in secret.'

l. 21. Wofür ich denn, etc., i.e. in return for which, he amuses them by teazing the cat, etc.

P. 79, l. 1. Stelle mich, etc., *pretend to be.*

l. 2. Gottlob, *I am glad to say.*

l. 3. Das sind, etc., i.e. acts such as these find their reward.

ll. 4, 5. Jetzt ist . . . mit Essen, etc., *there's now . . . much carrying about of victuals.*

l. 7. Für mich, etc. The verb wird is understood in this line.

l. 10. Keinen eignen Willen, *no will of your own.*

l. 17. Ließest . . . fahren, *gave up.*

l. 18. So würde, etc., *something might be made of you in time.*

l. 19. Wir — ersparen, *we will save ourselves that trouble.*

l. 23. Wie trug, etc., *what dreams I had of working and doing good.*

l. 26. Cp. for Hans, **P. 3,** l. 13, *n.*

l. 27. Ich mich, etc., arrange, nachdem ich mich aus meinem Walde entfernt hatte.

P. 80, l. 2. Der Pelz. Cp. **P. 10,** l. 2, *n.*

l. 3. Der Prügel, etc.—In prose the indef. num. wenig would be used with the acc., i.e. wenig Prügel erleiden.

l. 9. So merkten's = so merkten sie es.

l. 11. Was liegt, may here be rendered, *what matters*, or *what's in a.*

l. 15. Man legt, etc., *they fastened me to a chain.*

l. 17. Sie spielen, etc., *they* (i.e. men) *treat us very strangely.* Kuriose stands here for kurios, for the sake of the metre.

l. 18. Meiner Wut, etc., *the chain soon yielded to my rage.*

l. 20. Schweigen is here used for verschweigen, *to keep silence about.*

ll. 23, 24. So schlimm, etc., *so badly treated* (geschoren) *in the whole world.*

l. 27. Muß—schämen, *I am ashamed of you.*

P. 81, ll. 1, 2. Das sind, etc., *these are the stupid, shallow beings, who are affected by every fear and anxiety.*

l. 4. Hätt' ich, *would that I had.*

l. 8. Nicht doch, *oh no.*

l. 10. Den Weg, etc., *before I get home.*

l. 11. See for 'rum, **P. 78,** l. 13, *n.*

l. 12. Die kämen, etc., *they would be welcome to the wolf.*

l. 16. Mit Eurem Wolf, etc., *there's no need to trouble about your wolf.*

l. 17, etc. Wenn er dich, etc., *let him but kill you, and you'll speak differently.*

P. 82, l. 1. Hannchen is dimin. of Hanne, which again is the dimin. of Johanne.

l. 2. Im Walde, etc., *it will soon be too uncanny in the wood.*

l. 3. Ade is the abbreviated popular form of Adieu, good-bye.

l. 8. Was—haben, *what does the bird want with me.*

l. 9. Kucken means *to look*; there is therefore a sort of pun here, as the word Kuck also represents the note of the *cuckoo.* In the same way the word bau (from bauen, to rely upon; to trust) in l. 18, not only means *rely upon*, but also imitates the barking of the dog.

Sollst Versicht haben, *you must be careful.*

l. 13. Der hat's, etc., *he has not learnt to say much.*

l. 16. Sich streichelt, *rubs himself.*

P. 83, l. 9. Du bist, etc., *you are not in your right senses.*

l. 17. Doch durft', etc., *but I could not take any notice of that.*

l. 21. Mich—stellen, *pretend to be the old woman.*

P. 84, l. 7. Mir ist, etc., *I don't feel well.*

l. 8. Ich dich, etc., *I am to give you mother's love.*

l. 13. Damit was, etc., *to hold things firmly.*

l. 14. Die beiden Alten, say, *my parents.*

l. 18. Könnte—stehen, *could not answer for my safety.*

l. 22. Wird mir . . . bange, *I feel so frightened.*

P. 85, l. 1. Sitzt . . . immer, *is not as usual.*

l. 4. Er—kunnt, *it can swallow you.* Cp. for kunnt, **P. 51,** l. 17, *n.*

l. 5. Helft meiner Not, *help me in my distress.*

l. 9. Wohl, here, *I suppose.*

l. 10. Die Luft, etc., *there's a fine draught.*

l. 11. O weh, etc. *alas, alas, o misery.*

l. 12. Was giebts, *what is the matter.*

P. 86, l. 4. Zum Fenster hinein, *through the window.*

LIST OF ABBREVIATIONS IN NOTES AND VOCABULARY.

acc. = accusative.
adj. = adjective.
adv. = adverb.
art. = article.
comp. = comparative.
cond. = conditional.
conj. = conjunction.
contr. = contracted.
Cp. = compare.
dat. = dative.
dem. prn. = demonstrative pronoun.
E. = English.
f. = feminine.
fig. = figuratively
Fr. = French.
gen. = genitive.
imper. = imperative mood.
impf. = imperfect tense.
impers. = impersonal verb.
interj. = interjection.
irr. = irregular verb.
m. = masculine.
n. = neuter.
num. = numeral.
O. E. = Old English.
O. H. G. = Old High German
pl. = plural.
p. p. = past participle.
pres. = present tense.
pres. conj. = present conjunctive.
prn. = pronoun.
pr. n. = proper name.
prep. = preposition.
refl. = reflective verb.
rel. prn. = relative pronoun.
s. = singular.
str. = strong.
superl. = superlative.
v. = verb.
wk. = weak.

The figures 1, 2, 3, added to verbs, refer to the first, second, and third persons respectively.

The letters -s, -es, -n, -en, after masc. and neut. nouns show the gen. sing., and the letters -e, -er, -n, -en, placed after those letters respectively, indicate their plural. Where no plural is indicated, it is, as a rule, the same as the singular. Irregular plurals of all *three* genders are distinctly given. The gen. sing. and nomin. pl. of fem. nouns has not been marked at all.

VOCABULARY.

A.

Ab, adv. exit.
abdrücken, wk. to let off.
Abend, m. -s; -e, evening.
Abendbrot, n. -s, supper.
Abendrot, n. -s, evening glow.
Abendschimmer, m. -s, evening light.
Abendsonnenschein, m.-s, evening sun.
abends, adv. in the evening.
aber, conj. but; however.
abfangen, str. to catch.
abgefangen, p.p. abfangen.
abgemalt, p.p. abmalen.
abmalen, wk. to depict.
Abscheu, m. loathing, disgust.
Abschied, m. -s, farewell.
Abschied nehmen, to take leave.
abseitig, adv. away from.
absetzen, wk. to deposit, to depose.
abtrocknen, wk. to dry.
abweisen, str. to send away.
ach, intj. alas.
acht, num. eight.
Acht, f. care, attention.
achten, wk. to heed.
ächzen, wk. to groan.
Adler, m. -s, eagle.
ahnen, wk. to have a presentiment of.
Ähre, f. ear of corn.
albern, adj. silly.
all, alle, alles, num. all, every.
allein, adv. alone.
allerliebst, adj. charming.
allezeit, adv. for ever.
allhier, adv. here.
alles, num. everything.
Alles, n. all, everybody.
allzugleich, adv. all at once.
Alpenjäger, m. -s, chamois-hunter.
Alpenwelt, f. Alps.
als, conj. as; though; than; when.
alsdann, adv. then.
alswie, adv. just like, as.
alt, adj. old.
Alte(n), pl. old people; old; f. old woman.
Alter, n. -s, age; old age.
am, prp., contr. of an dem, at; on; by the; in the.
Amboß, m. -sses, anvil.
Amme, f. nurse.
an, prep. on; upon; by; of; to; beside.
Anbeginn, m. -s, earliest beginning.
anbeten, wk. to adore.
anbrechen, str. (of the day) to dawn.
andächtig, adj. devout.
andere, other; pl. others.
anderer, adj. other.
andermal, other time.
Anfall, m. -es, Anfälle, attack.
anfallen, str. to attack; to face.
anfangen, str. to begin.
angedeihen, str. to grant.
Angel, f. hinge.
angezogen, p.p. anziehen.
Angst, f. fear; anguish.
ängstlich, adj. frightened; fearful.
anheben, str. to begin.
anhören, wk. to listen.
anlocken, wk. to attract.
anschlagen, str. to nail on.
ansehen, str. to regard; to look at.
anstaunen, wk. to stare at.
Ansteckung, f. infection.

anstellen, wk. to arrange; to manage.
Antlitz, n. -es, countenance.
antragen, str. to offer.
Antwort, f. answer.
antworten, wk. to answer.
anziehen (sich), str. refl. to dress.
Apfel, m. -s, Äpfel, apple.
Apfelbaum, m. -es; -bäume, apple-tree.
Appetit, m. -s, appetite.
apportieren, wk. to fetch.
ärgerlich, adj. annoying; vexatious.
ärgern, wk. to annoy.
arm, adj. poor.
Arm, m. -es; e, arm.
Arme, pl. poor people.
artig, adj. good; pretty.
aß, 1. and 3. s. impf. essen.
Ast, m. -es; Äste, bough; branch.
attrapieren, wk. to catch.
auch, conj. also.
Aue, f. meadow.
auf, prep. up; in; upon; on; for; interj. come; go.
auf und nieder, up and down.
aufbauen, wk. to erect.
aufbieden, str. to summon.
auffressen, str. to eat up; to devour.
aufgebaut, p.p. aufbauen.
aufgefressen, p.p. auffressen.
aufgehen, str. to open.
aufgestellt, p.p. aufstellen.
aufgetragen, p.p. auftragen.
aufgewacht, p.p. aufwachen.
aufgehen, str. to open.
aufhalten, str. to delay; to detain.
aufheben, str. to raise.
aufraffen (sich), wk. refl. to rise up.
aufs, contr. of auf das, on the.
aufschreiben, str. to write up; to record
aufschreien, str. to scream.
aufschwingen (sich), str. refl. to soar upwards.
aufsetzen, str. to put on.
aufspringen, str. to leap up; to burst open.
aufstehen, str. to rise; to get up.
aufstellen, wk. to set.
auftragen, str. to wear out.
aufwachen, wk. to wake.
aufwärts, adv. upwards.
Auge, m. -s; -n, eye.
Augenblick, m. -s; -e, moment.
Augenwimper, f. -s; -n, eyelash.
Äuglein, n. dim. Auge.
aus, prep. out of; from; of.
ausbrennen, irr. to burn up.
ausführen, wk. to execute; to carry out.
ausgeführt, p.p. ausführen.
ausgegangen, p.p. ausgehen.
ausgehen, str. to go out.
ausgeklungen, p.p. ausklingen.
ausgetrieben, p.p. austreiben.
ausklingen, str. to die away (of sound).
aussetzen, wk. to censure; to object (to).
aussuchen, wk. to seek out; to select.
austapezieren, wk. to decorate.
austeilen, wk. to distribute.
austreiben, str. to drive away.
auszusetzen. See aussetzen.

B.

Bach, m. -es; Bäche, brook.
Bächlein, n. dim. Bach.
backen, str. to bake.
bäckt, 3. s. pres. backen.
Bad, n. -es; Bäder, bath.
Bahn, f. path; course.
bald, adv. soon; almost.
Band, n. -es; Bänder, ribbon.
Band, -es; -e, band; tie; bond.
bang, bange, frightened; oppressed.
Bart, m. -es; Bärte, beard.
bauen, wk. to build; to rely (upon).
Bauer, m. -s; -n, peasant.
Bauermädchen, n. -s, peasant girl.
Baum, m. -es; Bäume, tree.
Becher, m. -s, goblet.
bedanken (sich), wk. refl. to thank.
bedecken, wk. to cover; to shelter.

bedeuten, wk. to signify, to mean.
befehlen, str. to command.
befohlen, p. p. befehlen.
Befinden, n. -s, health.
befinden (sich), str. refl. to find oneself; to be.
beflecken, wk. to stain.
befunden, p. p. befinden.
begangen, p. p. begehen
begann, 1. and 3. sing. impf. beginnen.
begegnen, wk. to meet; to fall in with.
begehen, str. to commit.
Beginn, m. -es, beginning.
beginnen, str. to begin; to undertake.
begonnen, p. p. beginnen.
begreifen, str. to understand.
begrüßen, wk. to welcome.
bei, prep. gov. dat; by; of; from; in; with; at.
beide, num. both.
Beifall, sm. -s, applause.
beim, cont. of bei dem.
Bein, n; -es, -e, leg.
beinah, adv. nearly.
Beinchen, dim. Bein.
beisammen, adv. together.
beiseit, adv. aside.
bekümmert, adj. troubled.
Beleidiger, m. -s; -, offender.
bellen, wk. to bark.
belohnen, wk. to reward.
bemeistern, wk. to gain the mastery over.
bereit, adj. ready.
bereit, adv. ready.
Berg, m. -es; -e, mountain.
besaß, 1. and 3. s. impf. besitzen.
bescheiden, adj. modest.
bescheiden, str. to assign; to be destined.
beschieden, p.p. bescheiden.
bescheinen, str. to shine on; to illuminate.
beschenken, wk. to load with presents.
beschert, adj. given.
beschieden, p.p, bescheiden.
beschienen, p.p. bescheinen.
besinnen (sich), str. refl. to reflect.
besitzen, str. to possess.
besonders, adv. especially.
besorglich, adv anxiously.
besser, comp. of gut, better.
besinnen (sich), str. refl. to think.
best, superl. of gut, best.
bestehen, str. to endure.
bestellen, wk. to arrange; to order.
bestreuen, wk. to bestrew.
Besuch, m. -es; -e, visit.
besuchen, wk. to visit.
betauen, wk. to bedew.
betaut, adj. bedewed.
beten, wk. to pray.
Beter, m. -s; -, worshipper.
betören, wk. to delude.
Bett, Bette, n. -es; -en, bed.
betteln, wk. to beg.
beugen, wk. to bend, to bow; beugen (sich), wk. refl. to bow down.
Beute, f. booty, prize.
bewachen, wk. to watch; to guard.
bezeigen (sich), wk. refl. to show oneself.
Bier, n. -es, beer.
bieten, str. to offer.
bieten auf, see aufbieten.
Bild, n. -es; -er, picture; image.
bin, 1. s. pres. sein.
birschen, wk. to go deerstalking.
bis, adv. up to; till.
bist, 2. s. pres. sein.
bißchen, a little.
Bitte, f. request.
bitter, adj. bitter.
blasen, str. to blow (the horn).
bläst, 2. and 3. s. pres. blasen.
blaß, adj. pale.
Blatt, n. -es; Blätter, leaf.
Blättchen, n. dim. Blatt.
blau, adj. blue.
bleiben, str. to remain; to stay.
bleibt über, see überbleiben.
bleich, adj. pale, wan.
bleichen, str. to bleach; to dim.
Blick, m. -es; -e, glance, look.
blicken, wk. to glance; to look.

blieben, 1. and 3. pl. impf. bleiben.
blindlings, adv. blindly.
blitzen, wk. to lighten; to flash; to sparkle.
blühen, wk. to blossom.
Blume, f. flower.
Blümchen, n. dim. of Blume.
Blumenandacht, f. the flowers' worship.
Blümlein, n. dim. of Blume.
Blut, n. -es, blood; spirit.
Blüte, f. flower; blossom; *fig.* pride.
Blütenkeim, m. -s; -e, germ.
Bock, m. -es; Böcke, buck.
Bogen, m. -s; Bögen, bow.
bös, adj. bad.
Böses, n. evil.
brach, 1. and 3. s. impf. brechen.
brach entzwei, see entzweibrechen.
brachte, 1. and 3. s. impf. bringen.
brachte mit, see mitbringen.
brauchen, wk. to make use of.
braun, adj. brown.
Brausewind, m. -es; -e, roaring wind.
brausen, wk. to roar.
Braut, f. Bräute, betrothed.
Bräutigam, m. -s; -e, betrothed.
brav, adj. worthy; honest.
brechen, str. to break; to prick.
breit, adj. broad.
brenn' aus, see ausbrennen.
brennen, irr. to burn; to shine.
brennend, adj. burning.
bricht, 3. s. pres. brechen.
bricht an, see anbrechen.
bricht entzwei, see entzweibrechen.
bricht herein, see hereinbrechen.
bringen, irr. to bring. Zu Ende—, to finish.
Brot, n. -es; -e, loaf.
Bruder, m. -s; Brüder, brother.
brüllen, wk. to roar.
Brunnen, m. -s, spring; well.
Brunnenrand, m. side of a well.
Brünnlein, n. dim. Brunnen.
Brust, f. breast; heart.
brüsten (sich), wk. refl. to boast.
Buch, n. -es, Bücher, book.
Buchbinder, m. -s, bookbinder.
Buchstabe, m. -ns; -n, letter (of the alphabet).
Bückling, m. -s; -e, bow.
bunt, adj. gay; varied.
Burg, f. castle.
Bürge, m. -n; -n, surety; guarantee.
Busch, m. -es; Büsche, thicket; shrub.
büßen, wk. to expiate.

C.

Christ, m. Christ; Christian.
christlich, adj. Christian.
Christenheit, f. Christendom.

D.

Da, adv. there; then; as; here.
dabei, adv. thereby; at the same time.
Dach, n. -es; Dächer, roof.
dachte, 1. and 3. s. impf. denken
daheim, adv. at home.
dahin, adv. thither.
dahingeben, str. to abandon.
dahingegeben, p.p. dahingeben
dahinter, adv. behind.
damals, adv. then.
damit, adv. herewith.
dämmernd, adj. dawning.
Dank, m. -es, gratitude; thanks.
danken, wk. to thank; to return thanks.
danket, dankt, 2. pl. pres. danken.
dann, adv. then.
dannen (von), hence; away.
daran, adv. it; of it; by it.
darauf, adv. thereon; thereupon.
darben, wk. to suffer want.
darein, adv. therein.
darf, 1. and 3. s. pres. dürfen.
darin, adv. therein; in it.
darreichen, wk. to proffer.
darum, adv. therefore.
das, n. art. the; rel. prn. who; which; what; that.

daselbst, adv. there.
dasselbe, prn. the same; the same thing.
daß, conj. that.
dauern, wk. impers. to cause sorrow.
dazu, adv. thereto; in addition.
decken, wk. to cover.
deckte zu, see zudecken.
dein, deine, prn. thy; thine.
deinem, dat. of dein.
deiner, gen. of dein.
dem, art. dat. s. m. and n. to the; the.
dem, prn. that; that one; this one; that one.
den, art. acc. s. m. and dat. pl. the; to the.
denke dran, imper. consider.
denken, irr. to think.
denn, conj. for; then.
der, art. the; rel. prn. who; which; that; dem. prn. the one; he; she; it; this; this one; that.
der, f. gen. and dat. s. and gen. pl. of die, of the; to the.
deren, gen. pl. of rel. and dem. prn. der, die, das.
des, art. gen. s. m. and n.
desto besser, adv. so much the better.
deuten, wk. to interpret; to indicate; to point.
deutsch, adj. German.
dich, prn. acc. s. of du; thee; you.
dicht, adj. close; solid; dense; thick.
dichtest, superl. of dicht.
Dickicht, n. thicket; forest.
Dick und Dünne, thick and thin.
die, def. art. f. the; rel. prn. who; which; what; that; dem. prn. the one; she; they; this; pl. art. the; pl. rel. those, etc; pl. dem. prn. these, etc.
Dieb, m. -es; -e, thief.
Diebstahl, m. -es; -stähle, theft.
dienen, wk. to serve.
Diener, m. -s, servant; attendant.
Dienst, m. -es; -e, service.
dieser, diese, dieses, dem. prn. this; this one; he.
Ding, n. -es; -e, thing.
dir, prn. dat. of du, thee; you, to thee; to you; yourself; of you.
Distel, f. thistle.
doch, conj. yet; really; but.
Dom, m. -es; -e, dome, cupola.
Donner, m. -s, thunder.
donnern, wk. to thunder.
Donnerschall, m. -s, roar of thunder.
Dorf, n. -es; Dörfer, village.
Dorn, m. -es; -en, thorn.
Dornbusch, m. -es, thorn-bush.
dort, adv. there.
dorten, adv. there; yonder.
Drache, m. -n; -n, dragon.
dran, contr. of daran.
Drang, m. -es, impulse.
drang hervor, see hervordringen.
drauf, contr. of darauf.
draußen, adv. outside; without.
drei, num. three.
dreist, adv. boldly.
drin, contr. of darin, in it.
dringen, str. to force one's way; to penetrate.
dritte, num. third.
droben, adv. up there; up yonder.
drohen, wk. to threaten.
drohend, adj. threatening.
drüben, adv. yonder.
drüber, contr. of darüber, adv. meanwhile.
drücken, wk. to oppress.
drückt ab, see abdrücken.
drückend, adj. heavy; oppressive.
drum, contr. of darum.
drunten, adv. below.
du, prn. thou.
Duft, m. -es; Düfte, odour; perfume.
Dulden, n. -s, tolerance.
dulden, wk. to submit.
dumm, adj. foolish; stupid; silly.
Dummer, m. stupid fellow.
dunkel, adj. dark.

dunkeln, wk. to grow dark.
dünn, adj. thin.
durch, prep. through; by; by means of.
durchdringen, str. to penetrate.
durchfliegen, str. to fly through; to skim over.
durchrennen, str. to run through.
durchs, contr. of durch das, through the; through that.
dürfen, irr. to be allowed; may.
dürft, 2. pl. pres. dürfen.
durften, 1. and 3. pl. impf. dürfen.
düster, adj. gloomy.

E.

Eben, adv. just.
echt, adj. genuine.
edel, adj. noble; glorious.
Edelstein, m. -es; -e, precious stone; jewel.
edler, comp. of edel.
ehe, adv. before.
ehern, adj. brazen.
Ehre, f. honour.
ehren, wk. to honour.
ehrlich, adj. honest; adv. honestly.
ei, interj. oh.
Eiche, f. oak.
eigen, adj. own.
Eile, f. haste.
eilen, wk. to hasten.
eilig, adj. hasty; adv. hastily; quickly.
ein, eine, ein, indef. art. a; an.
ein, num. one.
einander, prn. each other; one another.
einbringen, irr. to bring in.
einen, acc. of ein.
einer, prn. one.
einfassen, wk. to enclose.
eingebracht, p.p. einbringen.
ein'gen, einigen, num. some.
einhalten, str. to pause; to stop.
einher, adv. along.
Einkehr, f. resort.
einladen, str. to invite.
einmal, adv. once; one day.
eins, num. one.
einsam, adv. in solitude.
einschlafen, str. to fall asleep.
einschlagen, str. to drive in.
einschlummern, wk. to doze; to go to sleep.
einst, adv. once upon a time; one day.
einstellen (sich), wk. refl. to make one's appearance.
einstimmen, wk. to chime in.
einzig, adj. sole; only.
Eis, n. -ses, ice.
Eisen, n. -s, iron; horse-shoe.
Eisenstange, f. bar of iron
Elfe, f. fairy; elf.
Eltern, pl. parents.
empfangen, str. to receive.
empfing, 1. and 3. s. impf. empfangen.
empor, adv. up; on high.
emporschauen, wk. to look up.
emporsteigen, wk. to climb up; to ascend; to rise.
empören, wk. to enrage.
emsig, adv. busily; eagerly.
Ende, n. -s, -n; end; zu Ende bringen, to finish; am Ende, at last; finally.
enden, wk. to end.
eng, adj. narrow; small; close.
engste, superl. of eng.
Engel, m. -s, angel.
englisch, adj. angelically; sweetly.
Enkel, m. -s, grandson.
Enkelin, f. grand-daughter.
enteilen, wk. to hasten away (from).
entfalten, wk. to unfold.
entfernen, wk. to withdraw; to go away.
entfliehen, str. to flee; to flee away.
entgegen, prep. towards.
entgegnen, wk. to reply.
entgehen, str. to escape.
enthüllen, wk. to reveal.
entspringen, str. to escape.
entsprungen, p.p. entspringen.
entströmen, wk. to gush forth.

entzücken, wk. to delight.
entzweibrechen, str. to break in pieces; to burst asunder.
entzweireißen, str. to break.
entzweispringen, to burst asunder.
Epheu, m. -s, ivy.
er, prn. he; it.
erbärmlich, adj. miserable; adv. miserably; pitifully.
erbleichen, str. to grow pale.
erblichen, p.p. erbleichen.
erblicken, wk. to behold.
erblinden, wk. to grow blind.
erblühen, wk. to bloom.
erdacht, p.p. erdenken.
Erde, f. earth; ground.
Erdengabe, f. earth's gift.
erdenken, irr. to invent; to compose.
erfahren, str. to experience.
Erfahrung, f. experience.
erfand, 1. and 3. s. impf. erfinden.
erfinden, str. to invent.
erfragen, wk. to find out (by inquiry).
erfuhr, 1. and 3. s. impf. erfahren.
ergreifen, str. to seize.
ergriff, 1. and 3. s. impf. ergreifen.
ergrimmen, wk. to become enraged; to anger.
erjagen, wk. to catch.
erheben, str. to edify; to raise.
erkennen, irr. to recognise; to acknowledge.
erklang, 3. s. impf. erklingen.
erklingen, str. to resound.
erlangen, wk. to obtain.
erlechzen, wk. to thirst for.
erleiden, str. to undergo; to suffer
erlitt, 1. and 3. s. impf. erleiden.
ermüden, wk. to grow weary.
Ernst, m. -es, seriousness; gravity.
ernst, adj. serious; grave.
erquicken, wk. to refresh.
erreichen, wk. to reach.
erschallen, str. to resound; to sound.
erscheinen, str. to appear.
erschien, 1. and 3. s. impf. erscheinen.
erschrecken, wk. to frighten; str. to be frightened.
erschrocken, adj. and p.p. of erschrecken, frightened.
ersinnen, str. to devise.
ersparen, wk. to spare.
ersprießlich, adj. profitable.
erst, erstes, num. first.
erstanden, p.p. erstehen
erstarren, wk. to freeze.
erstaunt, adj. astonished.
erstehen, str. to arise.
erstenmal, num. first time.
erwachen, wk. to awake.
erwachsen, adj. grown up.
erwachsen, str. to grow up; to increase.
erwuchs, 1. and 3. s. impf. erwachsen.
erwürgt, adj. dead; killed.
Erz, n. -es, brass.
erzählen, wk. to tell; to relate.
erzürnen, wk. to get angry.
erzürnt, adj. angry.
es, prn. n. it, they; there.
Esel, m. -s, donkey.
essen, str. to eat.
Essen, n. -s, dinner, food; something to eat.
Essenszeit, f. dinner-time.
euch, prn. you.
euer, prn. gen. of; euch, of you; your; yours; poss. prn. your.
Eule, f. owl.
ewig, adj. eternal; adv. for ever.

F.

Faden, m. -s, Fäden, thread.
Fädchen, n. dim. of Faden.
fahren, str. to journey; to travel
Fahrt, f. journey; voyage.
Falle, f. trap.
fallen, str. to fall.
fällt, 3. s. pres. fallen.
fällt an, see anfallen.
fällt zu, see zufallen.
falsch, adj. false.
falten, wk. to fold.
Falter, m. -s, butterfly.

fand, 1. and 3. s. impf. finden.
fänden, 1. and 3. pl. pres. cond. finden.
fangen, str. to catch.
Farbe, f. colour.
fassen, wk. to seize.
fast, adv. almost, nearly.
faßt ein, see einfassen.
fehlen, wk. to fail.
feierlich, adj. solemn.
fein, adj. fine; cunning; adv. gracefully; beautifully.
Feind, m. -es, -e, enemy.
Feld, n. -es, -er, field.
Feldmarschall, m. -s, field-marshal.
Feldmaus, f. pl. -mäuse; field-mouse.
Fels, m. -ens, -en, rock; mountain.
Felsenriff, m. -es, -e, reef of rocks; rocks.
Felsenwand, f. pl. -wände, wall of rock.
Fenster, n. -s, window.
fern, adj. far, distant; far away; afar.
Ferne, f. distance.
ferner, adv. henceforth; longer.
fest, adj. firm; solid; hard; strong.
Fest, n. -es, -e, festival.
Festgesang, m. -es, -gesänge, festive song.
Feuer, n. -s, fire.
Feuersglut, f. fiery glow.
feurig, adj. fiery.
finden, str. to find.
finster, adj. dark; dim; gloomy.
Fischerknabe, m. -n; -n, fisherlad.
Fittich, -e, m. -s, wing; pinion.
Fläche, f. surface.
flackern, wk. to flicker.
flammen, wk. to flame.
flattern, wk. to flutter.
flattern fort, see fortflattern.
Fleiß, m. -es, industry.
fleißig, adj. industrious.
fliegen, str. to fly.
fliegen fort, see fortfliegen.
fliegen herbei, see herbeifliegen.
fliegend, adj. flying.
fliehen, str. to flee.
fließen, str. to flow.
flink, adj. quick; eager.
Flitter, m. -s, finery.
flog, 1. and 3. s. impf. fliegen.
Florenz, pr. n. Florence.
Flöte, f. flute.
Flug, m. -es, flight.
Flur, f. meadow.
Fluß, m. -sses, Flüsse, river.
folgen, wk. to follow.
fort, adv. away, off; on.
fortflattern, wk. to fly away.
fortfliegen, str. to fly away.
fortjagen, wk. to drive away.
fortreißen, str. to carry away.
fortscheuchen, wk. to drive away.
fortziehen, str. to depart.
Frage, f. question.
Fragen, n. questioning.
fragen, wk. to ask.
frage nach, see nachfragen.
frägst, 2. s. pres. fragen.
Frau, f. woman, dame.
frech, adj. insolent.
frei, adj. free; open; adv. boldly; freely.
Freie, n. open air.
Freigebigkeit, f. generosity, liberality.
Freiheit, f. liberty; freedom.
fremd, adj. strange.
Fremde, f. foreign country; abroad.
fressen, str. (of animals), to eat; to devour.
Freude, f. joy.
Freudenthräne, f. tear of joy.
freudig, adj. joyous; adv. joyously; joyfully.
freuen, wk. to delight.
freuen (sich), wk. refl. to be glad; to be happy; to rejoice; sich freuen über, to be glad of.
Freund, m. -es, -e, friend.
freundlich, adj. kind; pleasant; adv. kindly.
frevel, adj. wicked.

friert zu, see zufrieren.
frisch, adv. fresh; adv. freshly.
frißt, 3. s. pres. fressen.
froh, adj. joyous; merry; adv. happily; joyously.
fröhlich, adj. merry; blithesome; adv. joyously; merrily.
Fröhlichkeit, f. joy; pleasure.
fromm, adj. pious.
Frosch, m. -es, Frösche, frog.
Fröschlein, n. dim. of Frosch.
Frost, m. -es, frost; cold.
Frucht, f. pl. Früchte, fruit.
früh, adj. early.
Frühling, m. -s; -e, spring.
Frühlingsahnung, f. presentiment of spring.
Frühlingslied, n. -es; -er, song of spring.
Frühlingszeit, springtide.
fügen, wk. to ordain.
fügen (sich in etwas), wk. to submit.
fühlen, wk. to feel.
fühlen (sich), wk. refl. to feel.
führen, wk. to lead.
Fülle, f. abundance.
fünf, num. five.
funkeln, wk. to sparkle.
funkelnd, adj. sparkling.
Fürbitte, f. intercession.
Furcht, f. fear.
furchtbar, adj. terrible.
furchtlos, adv. fearlessly.
fürchten, wk. to fear.
fürchterlich, adj. terrible.
Fürst, m. -en; -en, prince.
Fuß, m. -es, Füße, foot; zu Fuß, on foot.
Fußpfad, m. -es; -e, footpath.
Fußsteig, m. -es; -e, footpath.

G.

Gab, 1. and 3. s. impf. geben.
Gabe, f. gift.
gähnen, wk. to yawn.
Gähnen, n. -s, yawning.
ganz, adj. whole; adv. quite.
gar, adv. even; much; very.
Garten, m. -s; Gärten, garden.
Gast, m. -es; Gäste, guest; visitor.
gebacken, p. p. backen.
Gebärde, f. gesture.
geben, str. to give.
Geber, m. -s, donor.
Gebirg, m. -es; -e, mountain; chain of mountains.
geblieben, p. p. bleiben.
geboren, adj. born.
Gebot, n. -s; -e, commandment; einem zu Gebote stehen, to be at one's disposal.
gebracht, p. p. bringen.
gebrechen, str. to be in want.
gebricht, 3. s. pres. gebrechen.
Gebrüll, n. -s, roaring.
gebühren, wk. to be due.
gedacht, p. p. denken and gedenken.
Gedanke, m. -ns; -n, thought.
gedenken, irr. to think of; to remember.
Geduld, f. patience.
geduldig, adj. patient.
geduldigst, superl. of geduldig.
geendet, p. p. enden.
Gefahr, f. danger.
Gefühl, n. -es; -e, feeling.
gefüllt, adj. filled.
gegangen, p. p. gehen.
gegeben, p. p. geben.
geh, 2. s. imper. gehen.
Gehege, n. -s; -, fence; hedge; preserve.
geheim, adj. secret.
gehen, str. to go; to go away.
geht auf; see aufgehen.
geht unter; see untergehen.
geht vorbei; see vorbeigehen.
geheißen, p. p. heißen.
gehetzt, p. p. hetzen.
geholfen, p. p. helfen.
gehören, wk. to belong.
geh zurück; see zurückgehen.
Geist, m. -es; Geister, spirit.
geistlich, adj. religious.
gekocht, adj. boiled.
gekommen, p. p. kommen.
gelacht, p. p. lachen.

Geläute, n. -s, ringing of bells.
Geld, n. -es; -er, money.
gelegen, adv. opportunely.
gelernt, p. p. lernen.
gelesen, p. p. lesen.
geliebt, adj. beloved.
gellend, adj. shrill.
geloben, wk. to vow.
gemacht, p. p. machen.
Gemüt, n. -es; -er, mind, heart.
genährt, p. p. nähren.
genannt, p. p. nennen.
geneigt, adj. favourable; gracious.
genommen, p. p. nehmen.
genug, adj. enough; adv. sufficiently.
geöffnet, adj. open.
geöffnet, p. p. öffnen.
gepflegt, p. p. pflegen.
geprallt, p. p. prallen.
gerade, adv. just.
geraubt, p. p. rauben.
Gerät, n. -es; -e, vessels.
gereift, p. p. reifen.
Gericht, n. -es; -e, court.
gering, adj. insignificant; common.
geritten, p. p. reiten.
gern, gerne, adv. willing; gladly; much. Gern haben, to like.
gerührt, adj. touched.
Gesangbuch, n. -es; -bücher, hymnbook.
geschehen, str. to happen; to come to pass.
gescheit, adj. sensible.
geschenket, p. p. schenken.
gescheucht, adj. frightened; hunted.
Geschichte, f. story; tale.
geschlafen, p. p. schlafen.
geschlichen, p. p. schleichen.
geschlungen, p. p. schlingen.
Geschmeide, n. -s, jewels.
geschmiedet, p. p. schmieden.
geschossen, p. p. schießen.
geschrieben, p. p. schreiben.
geschwind, geschwinde, adv. quick; quickly.
gesegnet, adj. blessed.
gesegnet, p. p. segnen.
gesehen, p. p. sehen.
Gesell, m. -en; -en, comrade; journeyman.
Gesetz, n. -es; -e, law.
Gesicht, -es; -er, face.
Gesinnung, f. disposition; sentiment.
Gestade, n. -s, shore.
Gestalt, f. figure.
gestalten, wk. to fashion.
gestehen, str. to confess.
Gestein, n. -es; -e, stone.
gestern, adv. yesterday.
Gesträuch, n. -es; -e, shrub; brushwood.
gestreut, p. p. streuen.
Gesuch, n. -es; -e, request.
gesund, adj. healthy.
gesundest, gesündest, sup. of gesund.
getanzt, p. p. tanzen.
gethan, p. p. thun.
gewachsen, p. p. wachsen.
gewähren, wk. to grant.
gewaltig, adj. mighty.
gewesen, p. p. sein.
gewichen, p. p. weichen.
gewiegt, p. p. wiegen.
Gewinn, m. -es; -e, gain.
Gewinnst, m. -es; -e, profit.
gewinnen, str. to conquer.
gewiß, adv. certainly.
gewogen, adj. attached.
geworden, p. p. werden.
gezeugt, adj. born.
gezogen, p. p. ziehen.
Giebel, m. -s, gable.
giebt, 3. s. pres. geben.
ging, 1. and 3. s. impf. gehen.
ging los; see losgehen.
ging herab; see herabgehen.
ging spazieren; see spazieren gehen.
Gipfel, m. -s, summit, top.
Glanz, m. -es, splendour, brightness.
glänzen, wk. to shine; to glitter.
glänzend, adj. brilliant.
Glaser, m. -s, glazier.
glatt, adj. smooth.
Glaube, m. -ens, belief.

glauben, wk. to believe; to think; — an, to believe in.
gleich, adj. like; adv. immediately, directly; — wie, like.
gleichen, str. to resemble.
Gletscher, m. -s, glacier.
Glück, n. -es, happiness.
glücklich, adj. successful; happy; adv. safely.
glühen, wk. to glow.
Glut, f. glow; flame.
Gnade, f. grace.
Gold, n. -es, gold.
golden, adj. golden; gold.
goldig, adj. golden.
Gott, m. -es; Götter, God.
gottesfürchtig, adj. pious.
Gottheit, f. deity.
Grab, n. -es; Gräber, grave.
Gram, m. -es, grief.
Gras, n. -ses; Gräser, grass.
grasen, wk. to graze; to browse.
gräßlich, adj. dreadful.
Grauen, n. -s, shudder.
graus, adj. horrible.
greifen, str. to seize.
Greis, m. -ses; -e, old man.
grell, adv. (of the voice) shrilly.
Grimm, m. -es, fury.
grimmig, adj. ferocious.
grollen, wk. to bear ill-will.
groß, adj. large; big.
Größe, f. greatness.
Großmutter, f. grandmother.
Grün, n. green; green leaves.
grün, adj. green.
Grund, m. -es; Gründe, ground, bottom.
gründen, wk. to found.
Gruß, m. -es; Grüße, greeting.
grüßen, wk. to greet; jemand grüßen lassen, to send greetings to any one.
gucken, wk. to look.
gülden, adj. gold.
Gunst, f. favour.
gut, adj. good; kind; dear; adv. well; einem gut sein, to be friendly to any one; to love any one.
Gute, n. good; what is good.
Güte, f. goodness; the good.

H.

Haar, n. -es; -e, hair.
haben, irr. to have; gern —, to like; to love.
Haft, f. custody.
Hahn, m. -es; Hähne, cock.
Hahnengeschrei, n. -s, crowing of cocks.
Hain, m. -es; -e, grove.
halb, adj. half.
Halde, f. declivity.
half, 1. and 3. sing. impf. helfen.
Halm, m. -es; -e, blade of grass.
Hals, m. -ses; Hälse, throat.
hält, 3. sing. pres. halten.
halten, str. to hold; to keep; to stop; to stand.
hält auf, see aufhalten.
hält ein, see einhalten.
hält still, see stillhalten.
hältst, 2. sing. pres. halten.
Hammer, m. -s; Hämmer, hammer.
Hand, f. pl. Hände, hand.
Handel, m. -s, business.
hängen, hangen, str. to hang.
Hans, pr. n. Jack.
Harfe, f. harp.
Harnisch, m. -es; -e, coat of mail.
Harren, n. delay.
harren, wk. to delay; to wait.
hart, adj. hard.
haschen, wk. to catch.
Hase, m. -n; -n, hare.
hassen, wk. to hate.
Hast, f. haste; hurry.
hast, 2. sing. pres. haben.
hat, 3. sing. pres. haben.
hatte, 1. and 3. sing. impf. haben.
hätte, 1. sing. pres. cond. haben.
Haube, f. cap.
hauchen, wk. to breathe.
Haufen, m. -s, heap.
Haupt, n. -es; Häupter, head; chief.
Haus, n. -ses; Häuser, house;

home; nach Hause, home; zu Haus, at home.
heben, str. to raise; to lift.
Heer, n. -es; -e, host.
hegen, wk. to cherish; to contain.
Heide, f. heath.
Heide, m. -n; -n, heathen.
Heidenröslein, n. dogrose; briar rose.
Heil, n. -es, safety.
heilig, adj. holy.
heiligen, wk. to sanctify.
heim, adv. home.
Heimat, f. home.
Heimatland, n -es, native land.
heimlich, adv. secretly.
Heinrich, pr. n. Henry.
heiß, adj. hot; adv. hotly.
heißen, str. to call; to be named; to be called.
heiter, adj. cheerful; bright; adv. cheerfully; brightly.
Held, m. -en; -en, hero.
helfen, str. to help; to avail.
hell, adj. clear; bright; adv. brightly; clearly.
Helm, m. -es; -e, helmet.
Hemd, n. -es; -en, shirt.
Henne, f. hen.
her, adv. here.
herab, adv. down.
herabgehen, str. to descend.
herabstürzen, wk. to fall down; to drop down.
herabwehen, wk. to blow down.
heran, adv. up to.
herauf, up.
heraus, adv. out.
herbei, adv. hither.
herbeifliegen, str. to come flying
herbringen, irr. to bring; to bring here.
Herbst, m. -es, autumn.
herein, adv. in.
hereinbrechen, str. to dawn.
hereinkommen, str. to come in.
hereintreten, str. to step in; to enter.
hergebracht, p.p. herbringen.
hernieder, down.
Herr, m. -n; -en, sir; God; Lord.
herrlich, adj splendid; happy; glorious.
herrschen, wk. to prevail; to rule.
herüber, adv. over.
herüberbringen, str. to reach.
herum, adv. round; about.
hervorbringen, str. to press forth; to rush forth.
hervorkommen, str. to come forth.
Herz, n. -ens; -en, heart; von Herzen, with all my heart.
hetzen, wk. to hunt.
heute, adv. to-day.
hielt, 1. and 3. s. impf. halten.
hienieden, adv. here below; in this life.
hier, adv. here.
Himmel, m. -s, heaven; sky.
Himmelszelt, n. -s, canopy of heaven.
hin, adv. gone.
hin und her, adv. hither and thither.
hin und wieder, adv. now and then.
hinab, adv. down.
hinauf, adv. up.
hinaufschauen, wk. to look up.
hinaus, adv. out; forth.
hinein, adv. into.
hineinschlüpfen, wk. to slip in.
hingehen, str. to pass away; to die.
hinter, adv. behind.
hinterdrein, adv. after.
hinterher, adv. after.
hinunter, adv. down.
hinweggenommen, p.p. hinwegnehmen.
hinwegnehmen, str. to take away.
hinwenden, str. to turn.
Hirsch, m. -es; -e, stag.
Hirschfänger, m. -s, hanger.
Hirt, Hirte, m. -(e)n; -(e)n, herdsman; shepherd.
Hirtenknabe, m. -n; -n, shepherd-boy.

Hitze, f. heat.
hob, 1. and 3. s. impf. heben.
hob auf, see aufheben.
hoch, adj. high.
höchst, superl. of hoch.
Hochzeittag, m. -s; -e, wedding-day.
Hof, m. -es; Höfe, court; court-yard.
hoffen, wk. to hope.
Hoffnung, f. hope.
Hofthür, f. door of the yard.
hohe, hohen; see hoch.
Höhe, f. height; sublimity; in die Höhe, up; above.
hold, adj. charming; lovely.
holen, wk. to fetch.
Honig, m. -s, honey.
horch, intj. hark.
hören, wk. to hear, to hark; to listen, to attend to.
Horn, n. -es; Hörner, horn.
hört an, see anhören.
hu, interj. oh.
hub an, see anheben.
hübsch, adv. prettily.
Hüfthorn, n. -es; —hörner, hunting-horn.
Hügel, m. -s, hill.
Huhn, n. -s: Hühner, fowl.
Hühnerhäuschen, n. dim. of Hühnerhaus; hen-house.
Hülfe, f. help.
human, adj. humane.
Hund, m. -es; -e, dog.
Hunger, m. -s, hunger.
hungern, wk. to hunger; to starve.
Hungrige, m. (the) hungry man.
hüpfen, wk. to hop; to skip.
hüpfende, adj. dancing.
Hütte, f. hut; cottage.

I.

Ich, prn. I.
ihm, prn. dat. of er, to him; him.
ihn, prn. acc. of er, him.
Ihr, prn. you; ye.
ihr, prn. dat. of sie, to her; her.
ihrem, prn. dat. of ihr.
ihren, prn. acc. of ihr.
ihrer, prn. pl. their.
im, contr. of in dem.
immer, adv. always; ever; wie —, as usual.
immer und ewig, for ever and ever.
in, prep. gov. dat. and acc., in; into; on.
Inhalt, m. -s, contents.
innen, adv. within.
Innere, n. inside; interior.
innig, adj. sincere.
ins, contr. of in das.
irre gehen, to go astray.
ist, 3. s. prs. of sein.
ist's, contr. of ist es.

J.

Jacke, f. jacket.
Jagd, f. hunt; chase.
Jagdhorn, n. -es; hörner, hunting-horn.
jagen, wk. to drive; to chase, to hunt.
Jäger, m. -s, hunter.
jagt fort, see fortjagen.
Jahr, n. -es; -e, year.
Jammer, m. -s, misery.
jauchzen, wk. to huzza; to shout for joy; to rejoice.
je, adv. ever.
jeder, jede, jedes, prn. every; each; every one.
jedweder, prn. each; every one.
jeglicher, prn. every one.
jemals, adv. ever.
jener, jene, jenes, prn. that.
jetzt, adv. now.
jung, adj. young.
Jugend, f. (time of) youth.
Jungfrau, f. maiden.
Jüngling, m. -s; -e, youth.
jüngst, adv. lately.
just, adv. just.

K.

Käfer, m. -s; -, beetle.
kahl, adj. bare.
Kahn, m. -es; Kähne, boat.
Kaiser, m. -s, emperor.
Kaisersaal, m. -es; -säle, imperial hall.
kalt, adj. cold.
Kälte, f. cold.
kam, 1. and 3. sing. impf. kommen.
kamen vorbei, see vorbeikommen.
Kamerad, m. -en; -en, comrade.
Kamm, m. -es; Kämme, comb.
kämmen, wk. to comb.
Kammer, f. chamber.
kämpfen, wk. to fight.
Kaninchen, n. -s, rabbit.
kann, 1. and 3. s. pres. können.
kannst, 2. s. pres. können.
kannten, 1. and 3. pl. impf. kennen.
Kapelle, f. chapel.
Kappe, f. hood.
Käppchen, n. dim. of Kappe.
Kätzchen, n. dim. of Katze, pussy; kitten.
Katze, f. cat.
kaum, adv. scarcely; hardly.
keck, adj. bold; impudent.
kehren (sich an etwas), wk. to pay attention to.
kehrt zurück, see zurückkehren.
kein, num. no; not any.
keiner, num. no one.
kennen, irr. to know.
kennen lernen, to become acquainted with.
Kette, f. chain.
Kind, n. -es; -er, child.
Kindlein, n. dim. of Kind.
Kindheit, f. childhood.
Kirche, f. church.
Kiste, f. box.
klagen, wk. to lament.
klagend, adv. sorrowfully; lamentably.
Klang, m. -es; Klänge, sound.
klang, 3. sing. impf. klingen.
klar, adj. clear.
Klaue, f. claw.
Kleid, n. -es; -er, dress; garb; robe.
kleiden, wk. to dress; to clothe; to suit.
klein, adj. little; small.
kleinste, superl. of klein.
Kleinod, n. -es; -ien, jewel.
Kleister, m. -s, paste.
klingen, str. to sound.
Klingen, n. sounds; music.
klirren, wk. to ring (of glasses).
Kloster, n. -s; Klöster, cloister; convent.
Kluft, f. pl. Klüfte, abyss; ravine.
klug, adj. clever; wise.
klüger, comp. of klug.
Klugheit, f. cleverness; wisdom.
Knabe, n. -n; -n, boy; lad.
Knecht, m. -es; -e, servant.
Knechteschaar, f. crowd of servants.
Knie, n. -es; -e, knee.
knieen, knien, wk. to kneel.
Knix, m. -es; -e, courtesy.
Knochen, m. -s, bone.
Knospe, f. bud.
Kohle, f. coal.
kommen, str. to come.
kommt, 3. sing. pres. kommen.
kommt hervor, see hervorkommen.
kommen nach, see nachkommen.
Kompliment, n. -s; -e, compliment.
König, m. -s; -e, king
Königssaal, m. -es; -säle, royal hall.
Königsmahl, n. -es; -e, royal banquet.
können, irr. to be able; can; may; to have the power.
konntest, 2. sing. impf. können.
Kopf, m. -es; Köpfe, head.
Körper, m. -s, body.
Kost, f. food.
kosten, wk. to taste.
Kraft, f., pl. Kräfte, strength.

krähen, wk. to crow.
krank, adj. ill.
Kranke, m. -n, sick person; invalid.
Krankheit, f. illness.
kränklich, adj. delicate; ailing.
Kranz, m. -es; Kränze, garland.
Kraut, n. -es; Kräuter, herb.
Kreatur, f. creature.
Kreis, m. -ses; -e, circle.
kriechen, str. to creep; to crawl.
kriegen, wk. to get; to receive.
Kristall, m. -s, crystal.
kroch, 1. and 3. s. impf. kriechen.
krochen, 1. and 3. pl. impf. kriechen.
Krone, f. crown.
Kuchen, m. -s, cake.
Kuckuck, m. -s; -e, cuckoo.
kühl, adj. cool; adv. refreshingly.
Kühle, f. coolness.
kühlen, wk. to cool.
kühnlich, adj. boldly.
Kumpan, m. -s; -e, companion; fellow.
Kunde, f. intelligence; news.
künftig, adj. future.
Kunst, f. pl. Künste; art.

L.

Lächeln, n. -s, smile.
lächeln, wk. to smile.
lächelnd, adj. smiling.
Lachen, n. -s, laugh; laughter.
lachen, wk. to laugh; to smile.
laden, str. to invite.
laden ein, see einladen.
lag, 1. and 3. s. impf. liegen.
Lage, f. situation; position.
Lager, n. -s, couch; bed.
Lamm, n. -es; Lämmer, lamb.
Lämmlein, n. dim. of Lamm.
Lampenschein, m. -s, light of the lamp.
Land, n. -es; Länder, land; country.
landen, wk. to land.
Landmann, m. -s; - leute, countryman, peasant.
lange, adj. long; a long time.
länger, comp. of lang.
Lappen, m. -s, rag; tatter.
Läppchen, dim. of Lappen.
lärmen, wk. to quarrel; to brawl.
laß, 2. s. imper. lassen.
lassen, str. to let; to suffer; to order; to cause; to leave; to leave off; to desist from; to give up; sich sehen —, to show oneself.
läßt, 3. pres. lassen.
Last, f. load.
lästern, wk. to blaspheme.
lau, adj. warm; soft.
Lauf, m. -es, course.
laufen, str. to run.
lauschen, wk. to listen.
Laut, m. sound; einen — geben, to utter a sound.
laut, adv. loudly.
läuten, wk. to ring.
lauter, adv. nothing but.
Leben, n. -s, life.
leben, wk. to live.
lebe wohl; lebt wohl, farewell.
leeren, wk. to empty.
legen, wk. to lay; to put.
legen (sich), wk. refl. to lie down.
lehnen, wk. to lean against.
Lehre, f. precept.
lehren, wk. to teach.
Leichenchor, m. -es; -chöre, funeral choir, funeral chant.
leicht, adj. light.
leid, adj. sad, sorrowful.
Leid, n. -es; -en, sorrow: sich etwas zu Leide thun, to hurt each other.
leiden, str. to suffer; to permit.
leiden mögen, to like.
leise, adv. softly; gently.
Lenz, m. -es; -e, spring.
Lerche, f. lark.
lernen, wk. to learn.
lesen, str. to read.
letzt, adj. last.

leuchten, wk. to light; to shine.
leuchtend, adj. shining; sparkling.
Leute, pl. people.
Licht, n. -es; -er, light.
licht, adj. bright.
lieb, adj. dear; beloved; es ist mir lieb, I like it.
lieben, wk. to love.
Lieben, pl. beloved ones.
liebster, superl. of lieb.
lieblich, adj. lovely; charming; adv. charmingly; delightfully.
Lied, n. -es; -er, song.
Liedchen, n. dim. of Lied.
lief, 1. and 3. s. impf. laufen.
liegen, str. to lie; to be (in a place).
liest, 3. s. pres. lesen.
ließ, 1. and 3. s. impf. lassen.
lind, adj. soft; mild.
loben, wk. to praise, to extol.
lobsingen, str. to sing in praise of.
Loch, n. -es; Löcher, hole.
Locke, f. lock (of hair).
locken, wk. to call, to allure.
lockend, adj. tempting; alluring.
lockt an, see anlocken.
Lockung, f. allurement.
Lohn, m. -es; Löhne, reward.
lohnen, wk. to reward.
lose, adj. loose; broken loose.
lösen, wk. to loosen.
losgegangen, p. p. losgehen.
losgehen, str. to come off.
losstürzen (sich), auf, wk. refl. to rush upon.
Löwe, m. -n; -n, lion.
Luft, f. pl. Lüfte, air; breeze.
Lüftchen, n. dim. of Luft.
luftig, adj. airy; aerial.
Lüftlein, n. dim. of Luft.
Lust, f. pleasure; delight.
lustig, adj. bright; merry; adv. cheerfully; merrily.

M.

Machen, wk. to do; to cause; to make; Mühe —, to give trouble.
Macht, f. might, strength; power.
macht zu, see zumachen.
mächtig, adv. powerfully.
Mädchen, n. -s, maiden.
mag, 1. and 3. s. pres. mögen.
magst, 2. s. pres. mögen.
Mahl, n. -es; -e, meal.
mahnen, wk. to put in mind of.
Mahnung, f. summons.
Mai, m -es, May.
man, indef. prn. one; people; they; we.
mancher, num. adj. many a one; many a.
manches, num. adj. many things.
Mangel, m. -s, want; defect.
Mann, m. -es; Männer, man.
Märchen, n. -s, legend; fable.
Marder, m. -s, marten.
Markt, m. -es; Märkte, market.
Marmorstein, m. -s; -e, marble.
Marmortisch, m. -es; -e, marble table.
Matte, f. meadow.
Meer, n. -es; -e, sea.
Meeresstille, f. calm (of the sea).
Meeresstrand, m. -s, sea-shore.
mehr, adv. more; any more.
meiden, str. to avoid.
mein, meine, mein, poss. prn. my; mine.
meinen, wk. to think.
Meister, m. -s, master; Lord.
melden, wk. to announce; to make known.
Melodie, f. melody.
Mensch, m. -en; -en, man; human being.
menschenleer, adj. deserted.
Menschenwitz, m. human cunning.
merken, wk. to perceive; to notice.
Met, m. -s, mead.
Meute, f. pack (of hounds).
miau, interj. mew.
mich, acc. of ich, me.
Miene, f. face; look.
Miesekätzchen, n -s, pussy-cat.
Milch, f. milk.
mild, adj. mild; soft.

Milde, f. mildness; gentleness.
mir, dat. of ich, to me; me.
mit, prep. with.
mitbringen, str. to bring.
mitgebracht, p. p. mitbringen.
Mittag, n. -s, noon; dinner.
Mittag, zu—essen, to dine.
mitten, adv. right into.
Mitternacht, f. midnight.
möchte, möcht', 1. and 3. s. pres. cond. mögen.
möchten, 1. and 3. pl. pres. cond. mögen.
Mode, f. fashion.
mögen, irr. to be able; to like; to wish; may; gern —, to like.
Mond, m. -es; -e, moon.
Mondschein, Mondenschein, m. -s; moonshine.
Morgen, m. -s; -, morning; morrow.
Morgenglanz, m. -es, morning-light.
Morgenlied, m. -es; -er, morning song.
Morgengesang, n. -es; -gesänge, morning song.
Morgenrot, f. early dawn; morning red.
morgens, adv. in the morning.
Morgensegen, m. -s, morning-prayer.
Morgenstern, m. -s; -e, morning-star.
Morgenstrahl, -es; -en, morning light.
Morgenwanderung, f. morning-journey, early journey.
Mücke, f. gnat.
Mückenschwarm, m. -s; -schwärme, swarm of gnats.
müde, adj. tired; weary.
Mühe, f. trouble; pains.
Mund, m. -es; Münder, mouth.
munter, adv. gaily; merrily; awake.
musizieren, wk. to make music.
muß, 1. and 3. s. pres. müssen.
müssen, irr. must, to be obliged.
Müßiggang, m. -s, idleness.
mußt', 1. and 3. s. impf. müssen.
Mut, m. -es, courage; mood.
Mutter, f. pl. Mütter, mother.
Mützchen, n. dim. of Mütze.
Mütze, f. cap.

N.

Nach, prep. after; about; according to; for.
Nachbar, m. -s; -n, neighbour.
nachdenklich, adv. thoughtfully.
nachfragen, wk. to inquire.
nachkommen, str. to follow.
nächst, prep. next.
nachstehen, str. to be inferior.
Nacht, f. night.
Nachtigall, f. nightingale.
nachts, adv. in the night time.
Nadel, f. needle.
Nagel, m. -s; Nägel, nail.
nah, adj. near; close at hand.
Nähe, f. presence.
nahen, wk. to approach.
nahen (sich), wk. refl. to approach; to draw near.
näher, comp. of nah.
nahm, 1. and 3. s. impf. nehmen.
nähme, 1. and 3. s. pres. cond. nehmen.
nähren, wk. to feed; to nourish.
Name, m. -ns; -n, name.
Narr, m. -en; -en, fool; idiot.
närrisch, adj. foolish; strange.
naschen, wk. to take (dainties etc.) in secret; to feast.
naseweis, adj. pert.
Natur, f. nature; character; climate.
Nebel, m. -s, fog; mist.
neblicht, adj. mistlike; hazy.
neben, prep. beside.
nehmen, str. to take.
neigen, wk. to bend; to bow; to incline.
nein, adv. no.
nennen, irr. to call; to name.
Nest, n. -es; -er, nest.
neu, adj. new; anew; fresh; adv. newly.

neugeboren, adj. new-born.
nicht, adv. not ; nicht . . . nicht, neither . . . nor.
nichts, num. prn. nothing.
nicken, wk. to nod, to doze.
nie, adv. never.
nieder, adj. and adv. low ; lowly ; down.
niederfallen, str. to fall down.
niedersetzen (sich), wk. refl. to sit down.
nimm, 2. s. imper. nehmen.
nimmer, adv. never.
nimmt, 3. s. pres. nehmen.
nirgend, nirgends, adv. nowhere.
noch, adv. yet ; still ; conj. nor ; noch so, ever so.
Not, f. trouble ; distress ; want ; zur —, in case of need.
Nu, n. a moment ; im —, in an instant.
nun, adv. now ; interj. well.
nur, adv. solely ; only ; — zu, on, on !
nütze, adj. useful ; of use.

O.

Ob, conj. of, if.
oben, adv. above ; on high.
Ochs, Ochse, m. -(e)n ; -(e)n, ox.
Ofen, m. -s ; Öfen, stove.
offen, adj. open, frank ; adv. frankly.
öffnen, wk. to open.
öffnen (sich), wk. refl. to open.
öfters, adv. frequently.
ohne, prep. without.
Ohr, n. -es ; -en, ear.
Ort, m. -es ; Örter, place ; spot.
Osterzeit, f. Easter-tide.
östreichisch, adj. Austrian.

P.

Paar, n. -es ; -e, pair ; couple.
paaren (sich), wk. refl. to couple ; to be united.
packen, wk. to lay hold of ; to seize.
Palast, m. -es ; Paläste, palace.
Parabel, f. parable.
Paradies, n. -ses, paradise.
Pelz, m. -es ; -e, fur ; coat.
Perle, f. pearl.
Pfad, m. -es ; -e, path ; road.
Pfeil, m. -es ; -e, arrow.
Pferd, n. -es ; -e, horse.
Pfingstenzeit, f. Whitsun-tide.
pflegen, wk. to nurse.
pflücken, wk. to pluck ; to pick ; to gather.
Pflug, m. -es ; Pflüge, plough.
pfui, interj. fie ; for shame.
Plan, m. -es ; Pläne, plan.
Platz, n. -es ; Plätze, place.
plötzlich, adv. suddenly.
Pracht, f. splendour ; beauty.
prangen, wk. to shine ; to sparkle ; to bloom.
Preis, m. -ses, praise ; glory.
preisen, str. to praise ; to extol.
pries, 1. and 3. s. impf. preisen
Prinz, m. -en ; -en, prince.
proben, wk. to try.
Prophet, m. -en ; -en, prophet.
Prügel, pl. flogging.
Puppe, f. doll.
Purpur, m. -s, purple.
Purpurmantel, m. -s ; -mäntel, purple mantle ; imperial mantle.

Q.

Quaken, wk. to croak.
Quell, m. -es ; -e, spring.
Quelle, f. spring.

R.

Rabenschwarm, m. -es ; -schwärme, swarm of ravens.
Rachen, m. -s, jaw.
Rad, n. -es ; Räder, wheel ; spinning-wheel.

Rädchen, n. dim. of Rad.
rafft auf, see aufraffen.
Rahmen, m. -s, frame.
Rand, m. -es; Ränder, edge; brink; brim; border.
rangen, 3. pl. impf. ringen.
rannte, 1. and 3. s. impf. rennen.
rasen, wk. to rush (wildly).
Rast, f. rest; repose.
rasten, wk. to rest
Rat, m. -es, council.
Rätsel, m. -s, riddle.
Raub, m. -es, prey.
rauben, wk. to rob.
Raum, m. -es; Räume, room; place; space.
Rauschen, n. soaring; rustling.
rauschen, wk. to rustle; to murmur.
Recht, n. -es; -e, right.
recht, adj. right; adv. very; properly.
Rede, f. speech; conversation.
reden, wk. to converse.
Regen, m. -s, rain.
regen, wk. to move.
regen (sich), wk. refl. to move.
Regiment, n. -s; -er, regiment.
Regung, f. motion.
Reh, n. -s; -e, roe; doe.
reich, adj. rich.
Reich, n. -es; -e, kingdom; realm; empire.
reichen, wk. to reach: to give; to offer.
reichen dar, see darreichen.
Reichste, m. richest.
reichste, superl. of reich.
reif, adj. ripe.
reifen, wk. to ripen.
Reihe, f. row.
rein, adj. innocent; pure; adv. purely; simply.
Reis, m. -ses; -ser, twig.
Reise, f. journey.
reisen, wk. to travel.
reißen, str. to tear; to break.
reißt entzwei, see entzweireißen.
reißt fort, see fortreißen.
reiten, str. to ride.
Reiter, m. -s, rider; horseman; trooper.
Reitersmann, m. -es; -leute, rider; horseman.
reizend, adj. charming.
rennen, irr. to run.
retten, wk. to save.
Rhein, pr. n. -es, Rhine.
richtig, adj. right.
riechen, str. to smell.
rief, 1. and 3. s. impf. rufen.
Riegel, m. -s, bolt.
Riese, m. -n; -n, giant.
rieseln, wk. to ripple.
Riesenschloß, m. -sses; -schlösser, giant-castle.
Riesentochter, f. giant's daughter.
Rinde, f. bark.
Ring, m. -es; -e, ring.
ringen, str. to struggle; to wring.
rings, adv. around; —um, —umher, round about.
Riß, m. -sses; -sse, rift.
Ritt, m. -es; -e, ride; riding.
ritt, 1. and 3. s. impf. reiten
ritt umher, see umherreiten.
Ritter, m. -s, knight.
Ritterschaft, f. knighthood.
Rock, m. -es; Röcke, coat; dress.
rollen, wk. to roll.
rollend, adj. rolling.
Rose, f. rose.
Röslein, n. dim. Rose.
Roß, n. -Rosses; Rosse, horse.
Rößlein, n. dim. Roß.
rosten, wk. to rust.
rot, adj. red.
Rotkehlchen, n. robin red-breast.
Rücken, m. -s, back.
rudern, wk. to row; to swim.
Ruf, m. -es; -e, cry.
rufen, str. to call; to cry.
rufen zu, see zurufen.
Ruhe, Ruh', f. rest; peace; sleep.
ruhen, wk. to rest; to sleep; to lie.
ruhig, adv. calmly.
rühren, wk. to move; to touch; to stir.

rühren (sich), wk. refl. to bestir oneself.
Rüstung, f. armour.

S.

Saal, m. -es; Säle, hall.
Saat, f. seed; crops.
Sache, f. affair.
Sachsen, pr. n. Saxony.
sacht, adv. gently.
sagen, wk. to tell; to say.
sah, 1. and 3. s. impf. sehen.
sähe, 1. and 3. s. pres. cond. sehen.
Saite, f. string.
Saitenspiel, n. -es; -e, (string-) instrument.
Sand, m. -es, sand.
sanft, adv. softly; gently.
Sang, m. -es, song.
sangen, 1. and 3. pl. impf. singen
saß, 1. and 3. s. impf. sitzen.
saßen, 1. and 3. pl. impf. sitzen.
sauer, adj. sour.
säuseln, wk. to murmur, to rustle.
sausen, wk. to rush; to murmur.
Sausewind, m. rushing wind.
Scene, f. scene.
Schacht, f. shaft; mine.
Schaf, n. -es; -e, sheep.
Schäfchen, n. dim. of Schaf, -s, lamb.
Schäfer, m. -s, shepherd.
schaffen, str. to create; to bring to pass.
Schall, m. -es; Schälle, sound.
schallen, wk. to sound.
schalt, 1. and 3. s. impf. schelten.
schämen (sich), wk. refl. to be ashamed.
schändlich, adj. shameful.
scharf, adj. sharp.
scharfgeschliffen, adj. sharp.
scharlach, adj. red.
Schatten, m. -s, shade; shadow.
Schatz, m. -es; Schätze, treasure.
Schau, f. spectacle.
schauen, wk. to look upon; to behold; to see.
schaut empor, see emporschauen.
schaut hinauf, see hinaufschauen.
schauerlich, adj. awful.
Schaum, m. -es, foam.
schäumend, adj. foaming.
Scheibe, f. pane; window.
scheiden, str. to part; to depart.
Schein, m. -es, light; appearance; lustre.
scheinen, str. to shine; to appear; to seem.
schelten, str. to scold.
schenken, wk. to give; to remit.
Scherz, m. -es; -e, jest.
Scheuche, f. scarecrow.
scheuchen fort, see fortscheuchen.
scheuen, wk. to shun; to shirk.
schicken, wk. to send.
schied, 1. and 3. s. impf. scheiden.
schien, 1. and 3. s. impf. scheinen.
schießen, str. to shoot.
Schiff, n. -es; -e, ship; boat.
Schiffer, m. -s, boatman; sailor.
Schild, m. -es; -e, shield; n. -es; -er, signboard.
Schimmer, m. -s, glimmer; glamour.
schimmern, wk. to gleam.
schimmernd, adj. gleaming.
schirmen, wk. to guard; to protect.
Schlacht, f. battle.
Schlaf, m. -es, sleep.
schlafen, str. to sleep.
schläfst, 2. s. pres. schlafen
schläft, 3. s. pres. schlafen.
Schläfer, m. -s, sleeper.
Schlag, m. -es; Schläge, blow; stroke.
schlagen, str. to toll; to strike; to vanquish.
schlagt an, see anschlagen.
schlagt ein, see einschlagen.
Schlange, f. serpent.
schlau, adj. cunning; shrewd; adv. cunningly.
schleichen, str. to glide; to creep.

schleppen, wk. to drag.
schleudern, wk. to throw.
schlicht, adj. plain, simple.
schlief ein, see einschlafen.
schließen, str. to close.
schließe zu, schließt zu, see zuschließen.
schlimm, adv. badly.
schlingen, str. to twist; to twine.
Schloß, n. -sses; Schlösser, lock; castle.
Schlosser, m. -s, locksmith.
schlotternd, adj. shaking, trembling.
schlug, 1. and 3. s. impf. schlagen.
Schlummer, m. -s, slumber.
schlummern, wk. to slumber.
Schlummernde, m. sleeper.
schlummert ein, see einschlummern.
schlüpfen, wk. to slip.
schlüpft hinein, see hineinschlüpfen.
Schlupfloch, n. -es; -löcher, lurking hole; hiding-place.
Schmaus, m. -ses; Schmäuse, feast; banquet; — halten, to eat, to feast.
schmecken, wk. to taste.
schmeicheln, wk. to flatter; to fawn.
Schmeicheln, n. -s, flattery.
Schmeichler, m. -s, flatterer.
Schmerz, m. -ens *or* -es; -en, pain; sorrow.
schmerzlich, adj. painful; adv. in pain.
schmettern, wk. to bray; to resound.
Schmied, m. -es; -e, smith.
Schmiede, f. smithy; forge.
schmieden, wk. to forge.
schmuck, adj. smart.
schmücken, wk. to adorn.
Schnee, m. -s, snow.
Schneeglöckchen, n. -s, snowdrop.
Schneider, m. -s, tailor.
schnell, adv. quickly.
Schnelle, f. swiftness.
schon, adv. already.
schön, adj. beautiful; fine; adv. finely; — willkommen. (be) heartily welcome.
Schönheit, f. beauty.
schönre (contracted of schönere), comp. of schön.
schönste, superl of schön.
Schoß, m. -es; Schöße, lap.
schrecken, wk. to frighten.
schrecklich, adv. terribly.
schreien, str. to cry; to scream.
schreit auf, see aufschreien.
schreiben, str. to write
schreiten, str. to stride; to pass.
schrie, 1. and 3. s. impf. schreien.
schrieb, 1. and 3. s. impf. schreiben.
Schritt, m. -es; -e, step.
Schule, f. school.
Schuld, f. fault; debt; trespass.
Schuldigkeit, f. debt; due.
Schuldner, m. -s, debtor.
Schürze, f. apron.
Schüssel, f. dish.
Schuster, m. -s, shoemaker.
schütteln, wk. to shake.
schüttelnd, adj. shaking.
schütten, wk. to spill.
Schutz, m. -es, shelter.
Schütze, m. -n; -n, archer; hunter.
schützen, wk. to protect.
Schützenlied, n. -es; -er, hunter's song.
schwach, adj. weak; feeble.
Schwachheit, f. weakness.
Schwalbe, f. swallow.
Schwalbenlied, n. -es; -er, swallow's-song.
Schwalbenrat, m. -es, swallow's advice.
schwand, 3. s. impf. schwinden.
schweben, wk. to hover; to soar.
schweifen, wk. to roam.
Schweigen, n. -s, silence.
schweigen, str. to be silent.
schwellen, str. to swell.
schwer, adj. heavy; difficult; adv. heavily.
Schwert, n. -es; -er, sword.
Schwester, f. sister.

schwimmen, str. to swim.
schwinden, str. to vanish.
Schwinge, f. wing; pinion.
schwingen, str. to soar; to rise; to brandish.
schwingt sich auf, see aufschwingen (sich).
schwirren, wk. to soar.
Schwüle, f. sultriness.
See, m. -s; -en, lake.
Segen, m. -s, blessing.
segnen, wk. to bless.
sehe an, see ansehen.
Sehen, n. seeing.
sehen, str to see; to look; sich — lassen, to show oneself.
Sehne, f. string.
Sehnen, n. -s, yearning.
sehr, adv. very; much; strongly.
sei, 2. s. imper; 1. and 3. s. pres. subj. sein.
seid, 2. pl. pres. and pres. subj. sein.
Seide, f. silk.
Seil, n. -es; -e, line; leash.
sein, irr. to be.
sein, seine, prn. his; its; of him; of it.
seit, prep. since.
seitdem, adv. since then.
Seite, f. side; bei —, aside.
selber, prn. self; myself.
selbig, adj. same.
selbst, prn. self; adv. even.
Selbständigkeit, f. reliance; independence.
selig, adj. blessed; happy.
setzen, wk. to seat; to settle.
setzen (sich), wk. refl. to sit down.
setzt ab, see absetzen.
setze auf, see aufsetzen.
setzt auf, see aufsetzen.
setzt nieder, see niedersetzen.
Seuche, f. disease.
seufzen, wk. to sigh.
Seufzer, m. -s, sigh.
sich, pr. oneself; himself; herself; him; themselves; each other.
sicher, adv. safely; certainly.
Sicherheit, f. safety.
sichern, wk. to secure.
sie, prn. she; her; pl. they; them; you.
Sieg, m. -es; -e, victory.
Siegeskunde, f. news of victory.
sieh, siehe, 2. s. imper. sehen.
sieht, 3. s. pres. sehen.
sieh an, see ansehen.
Silber, n. -s, silver.
silber, adj. silvery.
silbern, adj. silver.
silberweiß, adj. silvery white.
Sims, m. -es; -e, eaves.
sind, 1. and 3. pl. pres. sein.
singen, str. to sing.
Singen, n. -s, singing.
Sinn, m. -es; -e, mind; taste.
sitzen, str. to sit; to fit; to suit.
Sklave, m. -n; -n, slave.
so, adv. thus; so.
sobald, adv. as soon as.
sogleich, adv. immediately; forthwith.
Sohle, f. sole (of the foot).
Sohn, m. -es; Söhne, son.
solcher, solche, solches, prn. such.
sollen, irr. shall; to be obliged.
Sommer, m. -s, summer.
Sommerliedchen, n. summer-song.
Sommersitz, m. -es; -e, summer-dwelling
Sommerzeit, f. summer-time.
sondern, conj. but.
Sonne, f. sun.
Sonnenschein, m. -es, sunshine.
Sonnenstrahl, m. -es; -en, sunbeam.
Sonntag, m. -es; -e, Sunday.
sonnig, adj. sunny.
sonst, adv. otherwise; else; formerly.
Sorge, f. care.
sorgen, wk. to be careful; to be anxious.
sorglich, adj. anxious, careful.
spannen, wk. to span; to bend.
Spaß, m. -es; Späße, joke.
spät, adj. late.
Spatz, m. -en; -en, sparrow.
Spätzchen, n. dim. of Spatz.

spazieren gehen, to go for a walk.
Speise, f. food.
Spiel, n. -es; -e, sport; game; play.
spielen, wk. to play; to gambol.
Spielzeug, n. -es; -e, plaything; toy.
spinnen, str. to spin.
Spitze, f. point; peak.
Sporen, pl. of Sporn.
Sporn, m. -es, spur.
sprach, 1. and 3. s. impf. sprechen.
Sprache, f. language; words.
sprachen, 1. and 3. pl. impf. sprechen.
sprang, 1. and 3. s. impf. springen.
sprangen, 1. and 3. pl. impf. springen.
sprang auf, see aufspringen.
sprechen, str. to speak; to say.
sprich, 2. s. imper. sprechen.
spricht, 3. s. pres. sprechen.
sprießen, str. to sprout; to grow.
springen, str. to jump about; to frisk; to hop; to break (in two).
springt auf, see aufspringen.
springt entzwei, see entzweispringen.
Spruch, m. -es; Sprüche, sentence.
spülen, wk. to wash (against).
Spur, f. track; trace.
Staat, m. -es; -en, state; finery.
Stab, m. -es; Stäbe, staff.
stach, 3. s. impf. stechen.
Stadt, f. pl. Städte, town.
Stahl, m. -es, steel; sword.
Stamm, m. -es; Stämme, trunk.
Stand, m. -es; Stände, rank; position.
stand, 1. and 3. s. impf. stehen.
stark, adj. strong; stout.
stärker, comp. of stark.
stärkste, superl. of stark.
starr, adj. motionless; adv. stiffly.
staunten an, see anstaunen.
stechen, str. to prick.
Stecken, m. -s, stick; staff.
Steg, m. -es; -e, path.
stehen, str. to stand; to suit. — lassen, to leave.
steht auf, see aufstehen.
steht nach, see nachstehen.
steigen, str. to climb; to ascend.
steigt empor, see emporsteigen.
steinern, adj. of stone.
Stelle, f. spot.
stellen, wk. to place.
stellen (sich), wk. refl. to feign.
Sterben, n. dying.
sterben, str. to die.
sterbend, adj. dying.
Stern, m. -es; -e, star.
Sternlein, n. dim. of Stern.
stets, adv. continually; always; ever.
Stiel, m. -es; -e, stalk.
stier, adj. fixed.
stiften, wk. to found; to cause.
still, adj. silent; calm; adv. silently; quietly; secretly; calmly.
Stille, f. calm; silence.
stillhalten, str. to pause; to stop.
Stimme, f. voice.
stimmt ein, see einstimmen.
stirbt, 3. s. pres. sterben
Stirn, f. brow; face.
Stock, m. -es; Stöcke, stick; über Stock und Stein, over hill and dale.
stocken, wk. to stop.
Stöcklein, n. dim. of Stock.
stolz, adj. proud; adv. proudly.
störrig, adj. stubborn.
Strafe, f. punishment.
sträflich, adj. culpable.
Strahl, m. -es; -e; -en, ray; beam.
strahlen, wk. to beam; to shine.
Straße, f. street.
strecken, wk. to stretch.
strecken (sich), wk. refl. to stretch.
streichen, str. to stroke.
streicheln, wk. to rub.
Streif, m. -es; -en, streak.
streiten, str. to fight.
streuen, wk. to sprinkle.
Stroh, n. -es, straw.

Strom, m. -es; Ströme, stream.
Stübchen, n. dim. of Stube.
Stube, f. room.
Stück, n. -es; -e, piece.
stumm, adj. dumb.
Stunde, f. hour; zur Stund', just now.
Sturm, m. -es; Stürme, storm.
stürzen, wk. to rush.
stürzt herab, see herabstürzen.
stürzt sich los, see losstürzen sich.
stutzen, wk. to stop (short).
Stutzer, m. -s, dandy; fop.
suchen, wk. to seek; to look for.
suchen aus, see aussuchen.
Sünde, f. sin.
sündig, adj. sinful.
süß, adj. sweet.
süßeste, superl. of süß.
süßlich, adj. sweet.

T.

Tag, m. -es; -e, day.
Tanz, m. -es; Tänze, dance.
tanzen, wk. to dance.
tapezierten aus, see austapezieren.
Tasche, f. pocket.
Tau, m. -es, dew.
Taube, f. pigeon.
Taubenschlag, m. -es, dovecot.
taugen, wk. to be of use.
täuschend, adj. deceiving; adv. deceitfully.
tausend, num. thousand.
tausendfach, num. thousandfold.
tausendmal, num. thousands of times.
Tauwind, m. -es; -e, thawing wind; thaw.
Teich, m. -es; -e, pond.
Teil, m. -es; -e, part; zum Teile, in part.
teilen, wk. to divide; to share.
teilte aus, see austeilen.
Tempel, m. -s, temple.
Tenne, f. barn-floor.
Teppich, m. -s, carpet.
Thal, n. es; Thäler, valley; dale.
That, f. deed; act.
Thätigkeit, f. activity.
Thor, m. -en; -en, fool.
Thor, n. -es; -e, gate.
Thorheit, f. folly.
Thräne, f. tear.
Thron, m. -es; -e, throne.
thronen, wk. to be enthroned.
thun, irr. to do; to put; etwas zu leide —, to injure.
Thür, f. door.
tief, adj. profound; deep.
Tiefe, f. depth.
tiefste, superl. of tief.
Tier, n. -es; -e, animal.
Tisch, m. -es; -e, table.
toben, wk. to storm.
Tochter, f.; pl. Töchter, daughter.
Tod, m. -es, death.
Todesangst, f.; pl. -ängsten, agony of death.
Todesschmerz, m. -ens; -en, agony of death.
Todesstille, f. deathlike silence.
Todeswunde, f. mortal wound.
Ton, m. -es; Töne, sound: voice.
tönen, wk. to sound; to resound.
tot, adj. dead.
totenblaß, adj. deadly pale.
töten, to kill.
trafen, 1. and 3. pl. impf. treffen.
träfe, 1. and 3. s pres. cond. treffen.
tragen, str. to carry; to produce; to wear.
tragen an, see antragen.
trägt, 3. s. pres. tragen.
Traube, f. bunch of grapes.
trauen, wk. to trust.
trauervoll, adj. mournful.
trauern, wk. to mourn.
Traum, m. -es; Träume, dream.
träumen, wk. to dream.
traurig, adj. sad; adv. sadly.
traut, adj. beloved; dear.
treffen, str. to hit.

treiben, str. to drive; to urge.
treten, str. to tread; to come; to step.
treu, adj. faithful; adv. faithfully.
trieb, 3. s. impf. treiben.
triefen, str. to drip.
tritt, 2. s. imper. treten.
tritt herein, see hereintreten.
trockne ab, trocknet ab, see abtrocknen.
trocknen, wk. to dry; to wipe.
troff, 3. s. impf. triefen
Trompeter, m. -s, trumpeter.
Tropfen, m. -s, drop.
trübe, adj. dim; gloomy.
trüben, wk. to dim.
trug, 1. and 3. s. impf. tragen.
trüge, 1. and 3. pres. cond. tragen.
Tuch, n. -es; Tücher, cloth; handkerchief.
Turm, m. -es; Türme, tower.

U.

Über, prep. over; across; at.
überall, adv. everywhere.
überbleiben, str. to be left, to remain.
übergehen, str. to surpass.
überm, contr. of über dem.
überspinnen, str. to spin over, to cover.
Ufer, n. -s, bank.
Ulme, f. elm-tree.
um, prep. round; around; for; conj. in order to.
umbringen, str. to kill; to murder.
umfängt, 3. s. pres. umfangen.
umfangen, str. to surround; to encompass.
Umgang pflegen, to associate.
umgebracht, p. p. of umbringen.
umher, adv. round; round about.
umherreiten, str. to ride about.
umranken, wk. to twine round.
umweben, wk. to wind round.
unbewußt, adj. unconscious.
unbezwungen, adj. unconquered.
und, conj. and.
unerträglich, adv. insupportably; intolerably.
Ungeheuer, n. -s, monster.
ungeheuer, adj. enormous; vast.
ungesehen, adj. unseen.
ungestüm, adv. impetuously.
unglücklich, adj. unhappy.
Unheil, n. -s, mischief.
Unrecht, n. -s, wrong.
uns, prn. us; to us.
unschuldig, adj. innocent.
Unschuldzeit, f. innocence.
unser, gen. of uns.
unser, poss. prn. our.
unsere, uns're, prn. our.
unten, adv. below.
unter, prep. under; beneath; among.
untergehen, str. to set; to vanish.
unterm, contr. of unter dem.
Unterthan, m. -s; -en, subject.
Untugend, f. vice; evil deeds.
unverschämt, adj. impudent.
unversehrt, adj. unhurt; uninjured.
unverwandt, adv. fixedly; steadily.
unverweilt, adj. without delay.
üppig, adj. luxurious.
Ursache, f. cause; reason.

V.

Vater, m. -s; Väter, father.
Veilchen, n. -s, violet.
verbannen, wk. to banish.
verbinden, str. to bind up.
verborgen, adj. hidden, concealed.
Verbrechen, n. -s, crime.
verbrennen, irr. to burn.
Verderben, n. destruction; perdition.
verdrießlich, adj. cross; peevish.
Verdrießliche, m. -n; -n, cross person.
verfolgen, wk. to pursue.
vergangen, adj. gone; past.
vergaß, 1. and 3. s. impf. vergessen.

vergeben, str. to forgive.
vergebens, adv. in vain; vainly.
vergessen, str. to forget.
vergieb, 2. s. imper. vergeben.
vergießen, str. to shed.
vergiß, 2. s. imper. vergessen.
Vergißmeinnicht, n. -s, forget-me-not.
vergißt, 3. s. pres. vergessen.
vergleichen, str. to compare.
Vergnügen, n. -s, pleasure; delight.
vergnügt, adj. content; pleased.
verhallen, wk. to die away (of sound).
verhaßt, adj. hated; hateful.
Verhoffen, n. -s, expectation.
verkehren, wk. to reverse.
verkehrt, adj. wrong.
verklang, 3. s. impf. verklingen.
verklärt, adj. bright; glorified.
verklingen, str. to die away (of sound).
verkünden, wk. to announce; to show.
verkürzen, wk. to shorten.
Verlangen, n. longing; wish.
verlangen, wk. to desire.
verleiden, wk. to render (anything) disagreeable.
verletzen, wk. to violate.
verlieren, str. to lose.
verloren, p. p. verlieren.
verloren, adj. lost; absorbed.
verloren gehen, to be lost.
vernehmen, str. to hear.
vernimm, 2. s. imper. vernehmen.
vernommen, p. p. vernehmen.
verrinnen, wk. to pass away; to elapse.
verronnen, p. p. verrinnen.
verscheuchen, wk. to scare; to frighten away.
verschlingen, str. to engulph.
verschlucken, wk. to swallow.
verschonen, wk. to spare.
verschwinden, str. to disappear; to vanish.
verschwunden, p. p. verschwinden.
versetzen, wk. to answer; to reply.
versprachen, 1. and 3. pl. impf. versprechen.
versprechen, str. to promise.
verspricht, 3. s. pres. versprechen.
verstand, 3. s. impf. verstehen.
verstecken (sich), wk. refl. to hide oneself.
versteckt, adj. hidden.
verstehen, str. to understand.
verstimmen, wk. to vex; to annoy.
verstoßen, str. to banish.
verstummen, wk. to grow mute.
vertilgen, wk. to destroy.
vertrauen, wk. to confide.
Vertraulichkeit, f. familiarity; confidence.
vertrauern, wk. to pass (one's days) in mourning.
vertreiben, str. to drive away.
vertrieben, p. p. vertreiben.
Vertriebener, m. exile.
verwandt, adj. related; akin.
verwegen, adv. daringly.
Verweisung, f. postponement.
verzeihen, str. to forgive; to pardon.
viele, num. many people.
viel, num. many; adv. much.
vierte, num. fourth.
vierzehn, num. fourteen.
Vogel, m. -s; Vögel, bird.
Vögelein, Vöglein, n. dim. of Vogel.
Volk, n. -es; Völker, people; race; nation.
voll, adj. full; full of.
vollauf, adv. plentifully.
vom, contr. of von dem.
von, prep. of; to; from; by
vor, prep. before: in presence of; with; from; in.
vorbei, adv. past.
vorbeigehen, str. to go past; to pass.
vorbeikommen, str. to pass.
vorbeispringen, str. to rush past.
vordem, adv. formerly; of old; of yore.
Vorhang, m. -s; -hänge, curtain.

vorher, adv. before.
vorige, adj. former.
Vorsicht, f. caution.
Vorurteil, n. -s; -e, prejudice.

W.

Wach, adj. awake.
wachen, wk. to watch; to guard; to be awake.
wachen auf, see aufwachen.
wachsen, str. to grow.
wächst, 3. s. pres. wachsen.
wacht auf, see aufwachen.
Wächter, m. -s, watchman.
wacker, adj. adv. good; bravely.
Waffe, f. weapon.
Waffenschmuck, m. -es, splendour of armour.
wagen, wk. to venture; to risk.
wagen (sich), wk. refl. to venture.
wählen, wk. to choose.
währen, wk. to last.
Wald, m. -es; Wälder, wood; forest.
Waldlied, n. -es; -er, forest song.
Waldstrom, m. -es; -ströme, torrent.
walten, wk. to hold sway.
Wand, f. pl. Wände, wall.
Wandel, m. -s, change; blemish.
wandeln, wk. to wander; to travel.
Wanderer, m. -s, wanderer.
wandern, wk. to wander.
Wange, f. cheek.
war, 1. and 3. s. impf. sein.
ward, 1. and 3. s. impf. werden.
waren, 1. and 3. pl. impf. sein.
wäre, 1. and 3. s. pres. cond. sein.
warm, adj. warm.
warnen, wk. to warn; to caution.
warum, adv. why.
was, prn. what; what a; something.
was auch, whatever.
Wasser, n. -s, water.
wecken, wk. to wake; to rouse.
weder, conj. neither; nor.
Weg, m. -es; -e, way; path.
weglos, adj. trackless.
Wegweiser, m. -s, guide.
Weh, n. woe; pain.
weh, interj. woe.
Wehen, n. blowing.
wehen, wk. to blow.
wehren, wk. to defend; to resist.
wehren (sich), wk. refl. to defend oneself.
weht herab, see herabwehen.
Weib, n. -es; -er, woman.
weich, adj. soft.
weichen, str. to depart (from).
Weide, f. pasture.
weiden, wk. to pasture; to tend.
weihen, wk. to consecrate; — (sich), refl. to give oneself up.
Weihnachtsbaum, m. -es; -bäume, Christmas-tree.
Weihnachtsfest, n. -es; -e, Christmas.
Weihnachtszeit, f. Christmastide; Christmas.
weil, conj. because.
Wein, m. -es; -e, wine.
Weinstock, -es; -stöcke, vine.
weinen, wk. to weep.
Weise, f. manner; way.
weise, adj. wise.
weisen, str. to show; to lead.
weiß, 1. and 3. s. pres. wissen.
weiß, adj. white.
weit, adj. wide; far; long.
weit und breit, far and near; everywhere.
Weite, f. expanse; distance.
weiter, comp. of weit, further.
welch, welcher, welche, welches, prn. what; which; who.
welk, adj. withered.
welken, wk. to fade; to wither.
Welle, f. wave.
Welt, f. world.
Weltall, n. -s, universe.
wendest hin, see hinwenden.
wenig, adj. a little.
wenn, conj. when; if.
wer, prn. who; he who.

werden, irr. to be, to become; *with the future*: will; shall.
werfen, str. to throw.
Wert, m. -es, value; importance.
wert, adj. worth; worthy.
Wesen, n. -s, being.
Westen, m -s, west.
Wetter, n. -s, weather.
Wetterschlag, m. -es; -schläge, thunder-clap.
wie, adv. as; as it; like; conj. how.
wieder, adv. again.
wiedersehen, str. to see again.
Wiedervergeltung, f. retaliation.
Wiege, f. cradle.
wiegen, wk. to rock; to sway; to shake; str. to weigh.
wies ab, see abweisen.
Wiese, Wies', f. meadow.
wie's, contr. of wie es, in the moment that.
wild, adj. wild; adv. wildly.
Wild, n. -es, quarry; game.
will, 1. and 3. s. pres. wollen.
Wille, m. -ns, will.
willkommen, adv. welcome.
willst, 2. s. pres. wollen.
Wind, m. -es; -e, wind.
winken, wk. to beckon.
Winter, m. -s, winter.
Winternacht, f. winter-night.
Winterqual, f. troubles of winter.
Wipfel, m. -s, top; summit.
wir, prn. we.
wird, 3. s. pres. werden.
wirft, 3. s. pres. werfen.
wirklich, adv. really.
wirst, 2. s. pres. werden.
Wirt, m. -es; -e, host.
Wirtschaft, f. establishment; household.
wissen, irr. to know.
wo, adv. where; wherever.
wofür, adv. wherefore.
wog, 3. s. impf. wiegen.
woher, adv. whence.
wohin, adv. whither.
wohl, adv. well; doubtless; — sein, to feel well *or* happy.
wohlauf, interj. on!
wohlbekannt, adj. well-known.
wohlthätig, adv. beneficent.
Wohlthun, n. doing good.
wohlthun, str. to benefit; to do good.
wohnen, wk. to dwell; to reside.
Wolf, m. -es; Wölfe, wolf.
Wolke, f. cloud.
wollen, irr. to wish; to mean; to want; will.
wollte, 1. and 3. s. pres. cond. wollen.
wollten, 1. and 3. pl. impf. wollen.
Wonne, f. rapture; bliss; joy.
Wort, n. -es, pl. Worte; Wörter, word.
Wunde, f. wound.
wunderbar, adj. wonderful.
wundern (sich), wk. refl. to wonder.
wundersam, adj. wondrous.
wunderschön, adj. most beautiful.
wundervoll, adj. most beautiful.
wünschen, wk. to wish.
Würde, f. dignity.
würdig, adj. worthy.
Wurzel, f. root.
würzen, wk. to season; to spice.
wußte, 1. and 3. s. impf. wissen.
Wut, f. fury.

Z.

Zahl, f. number.
Zahn, m. -es; Zähne, tooth.
Zähre, f. tear.
zart, adj. tender.
zeigen, wk. to show.
Zeile, f. line.
Zeit, f. time.
zeitig, adj. in good time; betimes.
zerfallen, str. to fall to pieces.
zerfetzen, wk, to tear to pieces.
zerfiel, 3. s. impf. zerfallen.
zerfließen, str. to melt.
zerknittern, wk. to crush.
zermalmen, wk. to crush.

zerren, wk. to pull; to drag; to tear; to tear to pieces; to burst.
zerreißen, in Stücke, to tear; to tear to pieces.
zerrissen, p. p. zerreißen.
zerschmelzen, str. to melt.
zerschmolz, 3. s. impf. zerschmelzen.
zerspringen, str. to break.
zersprungen, p. p. zerspringen.
Zeuge, m. -n; -n, witness.
ziehen, str. to draw; to go one's way; to pass; to go.
ziehen fort, see fortziehen.
Ziel, n. -es; -e, goal; end.
ziemen, wk. to be suitable.
Zinne, f. battlement.
Zither, f. cithern.
zittern, wk. to tremble; to shiver.
zitternd, adj. trembling.
zog, 1. and 3. s. impf. ziehen.
zogen, 1. and 3. pl. impf. ziehen.
zollen, wk. to pay.
zu, prep. too; to; in; shut.
zudecken, wk. to cover; to hide.
zufallen, str. to fall down; to close.
zufrieren, str. to freeze over.
Zug, m. -es; Züge, feature; procession.
zugedeckt, p. p. zudecken.
zugefroren, p. p. of zufrieren.
zum, contr. of zu dem; on a; to the.
zumachen, wk. to shut.
zumal, adv. all at once.
Zunge, f. tongue.
zur, contr. of zu der, to the.
Zürnen, n. anger.
zürnen, wk. to anger.
zürnend, adv. angrily.
zurück, adv. back.
zurückgehen, str. to go back.
zurückkehren, wk. to return.
zurufen, str. to call to.
zusammen, adv. together.
zuschließen, str. to close.
zustecken, wk. to give (secretly).
zwanzig, num. twenty.
zwei, num. two.
Zweig, m. -es; -e, branch; twig.
zweimal, num. twice.
zweite, num. second.
Zwerg, m. -es; -e, dwarf.
zwitschern, wk. to chirp.

INDEX.

The first figure refers to the *page* of the *Text*, and the second indicates the *line* to which the *Note* refers.

THE END.

German Classics,

With Biographical, Historical, and Critical Introductions, Arguments (to the Dramas), and Complete Commentaries.

EDITED BY

C. A. BUCHHEIM, PHIL. DOC.

PROFESSOR IN KING'S COLLEGE, LONDON

LESSING:

(*a*) **Nathan der Weise**: a Dramatic Poem. 4*s*. 6*d*.

(*b*) **Minna von Barnhelm**: a Comedy. 3*s*. 6*d*.

GOETHE:

(*a*) **Egmont**: a Tragedy. 3*s*.

(*b*) **Iphigenie auf Tauris**: a Drama. 3*s*.

SCHILLER:

(*a*) **Wilhelm Tell**: a Drama (Large Edition). With a Map. 3*s*. 6*d*.

(*b*) **Wilhelm Tell** (School Edition). With a Map. 2*s*.

(*c*) **Historische Skizzen.** With a Map. 2*s*. 6*d*.

HEINE:

(*a*) **Prosa**: being Selections from his Prose Writings. 4*s*. 6*d*.

(*b*) **Harzreise.** Cloth, 2*s*. 6*d*.; paper covers, 1*s*. 6*d*.

BECKER (the Historian):

Friedrich der Grosse. Edited, with Notes, an Historical Introduction, and a Map. 3*s*. 6*d*.

MODERN GERMAN READER: A Graduated Collection of Extracts from Modern German Authors:—

PART I. **Prose Extracts.** With English Notes, a Grammatical Appendix, and a Complete Vocabulary. Fifth Edition. 2*s*. 6*d*.

PART II. **Extracts in Prose and Poetry.** With English Notes and an Index. Second Edition. 2*s*. 6*d*.

NIEBUHR:

Griechische **Heroen-Geschichten** (Tales of Greek Heroes). Edited, with English Notes and a Vocabulary, by EMMA S. BUCHHEIM. Second, Revised Edition Cloth, 2*s*.

CHAMISSO:

Peter Schlemihl's **Wundersame Geschichte.** With a Biographical and Literary Introduction, English Notes, and a complete Vocabulary. By the same Editor. Stiff cover, 2*s*.

OXFORD: AT THE CLARENDON PRESS

LONDON: HENRY FROWDE

OXFORD UNIVERSITY PRESS WAREHOUSE, AMEN CORNER, E.C.

Clarendon Press Series.

Modern Languages.

FRENCH.

Brachet. *Etymological Dictionary of the French Language*, with a Preface on the Principles of French Etymology. Translated into English by G. W. KITCHIN, D.D., Dean of Winchester. *Third Edition.* [Crown 8vo. *7s. 6d.*

——— *Historical Grammar of the French Language.* Translated into English by G. W. KITCHIN, D.D. *Fourth Edition.* [Extra fcap. 8vo. *3s. 6d.*

Saintsbury. *Primer of French Literature.* By GEORGE SAINTSBURY, M.A. *Second Edition.* . . . . [Extra fcap. 8vo. *2s.*

——— *Short History of French Literature.* By the same Author. [Crown 8vo. *10s. 6d.*

——— *Specimens of French Literature*, from Villon to Hugo. By the same Author. . . . . [Crown 8vo. *9s.*

Beaumarchais. *Le Barbier de Séville.* With Introduction and Notes by AUSTIN DOBSON. . . . . [Extra fcap. 8vo. *2s. 6d.*

Blouët. *L'Éloquence de la Chaire et de la Tribune Françaises.* Edited by PAUL BLOUËT, B.A. (Univ. Gallic.) Vol. I. *French Sacred Oratory.* [Extra fcap. 8vo. *2s. 6d.*

Corneille. *Horace.* With Introduction and Notes by GEORGE SAINTSBURY, M.A. . . . . [Extra fcap. 8vo. *2s. 6d.*

——— *Cinna.* With Notes, Glossary, etc. By GUSTAVE MASSON, B.A. . . . . [Extra fcap. 8vo. *stiff covers*, *1s. 6d.* *cloth*, *2s.*

Gautier (Théophile). *Scenes of Travel.* Selected and Edited by G. SAINTSBURY, M.A. . . . . [Extra fcap. 8vo. *2s.*

Masson. *Louis XIV and his Contemporaries;* as described in Extracts from the best Memoirs of the Seventeenth Century. With English Notes, Genealogical Tables, etc. By GUSTAVE MASSON, B.A. [Extra fcap. 8vo. *2s. 6d.*

Molière. *Les Précieuses Ridicules.* With Introduction and Notes by ANDREW LANG, M.A. . . . . . . [Extra fcap. 8vo. *1s. 6d.*

——— *Les Femmes Savantes.* With Notes, Glossary, etc. By GUSTAVE MASSON, B.A. [Extra fcap. 8vo. *stiff covers*, *1s. 6d.* *cloth*, *2s.*

Molière. *Les Fourberies de Scapin.* With Voltaire's Life of Molière. By GUSTAVE MASSON, B.A. . . . . [Extra fcap. 8vo. *stiff covers*, 1*s*. 6*d*.

—— *Les Fourberies de Scapin.*
Racine. *Athalie.*
} With Voltaire's Life of Molière. By GUSTAVE MASSON, B.A. [Extra fcap. 8vo. 2*s*. 6*d*.

Musset. *On ne badine pas avec l'Amour,* and *Fantasio.* With Introduction, Notes, etc., by WALTER HERRIES POLLOCK. [Extra fcap. 8vo. 2*s*.

NOVELETTES:—

Xavier de Maistre. *Voyage autour de ma Chambre.*
Madame de Duras. *Ourika.*
Erckmann-Chatrian. *Le Vieux Tailleur.*
Alfred de Vigny. *La Veillée de Vincennes.*
Edmond About. *Les Jumeaux de l'Hôtel Corneille.*
Rodolphe Töpffer. *Mésaventures d'un Écolier.*
} By GUSTAVE MASSON, B.A., *3rd Edition.* Ext. fcap. 8vo. 2*s*. 6*d*.

Voyage autour de ma Chambre, separately, limp, 1*s*. 6*d*.

Perrault. *Popular Tales.* Edited, with an Introduction on Fairy Tales, etc., by ANDREW LANG, M.A. . . . . [Extra fcap. 8vo. 5*s*. 6*d*.

Quinet. *Lettres à sa Mère.* Edited by G. SAINTSBURY, M.A. [Extra fcap. 8vo. 2*s*.

Racine. *Esther.* Edited by G. SAINTSBURY, M.A. [Extra fcap. 8vo. 2*s*.

Racine. *Andromaque.*
Corneille. *Le Menteur.*
} With Louis Racine's Life of his Father. By GUSTAVE MASSON, B.A. [Extra fcap. 8vo. 2*s*. 6*d*.

Regnard. . . . *Le Joueur.*
Brueys and Palaprat. *Le Grondeur.*
} By GUSTAVE MASSON, B.A. [Extra fcap. 8vo. 2*s*. 6*d*.

Sainte-Beuve. *Selections from the Causeries du Lundi.* Edited by G. SAINTSBURY, M.A. . . . . [Extra fcap. 8vo. 2*s*.

Sévigné. *Selections from the Correspondence of* **Madame de Sévigné** and her chief Contemporaries. Intended more especially for Girls' Schools. By GUSTAVE MASSON, B.A. . . . . [Extra fcap. 8vo. 3*s*.

Voltaire. *Mérope.* Edited by G. SAINTSBURY, M.A. [Extra fcap. 8vo. 2*s*.

ITALIAN.

Dante. *Selections from the 'Inferno.'* With Introduction and Notes, by H. B. COTTERILL, B.A. . . . . . . [Extra fcap. 8vo. 4*s*. 6*d*.

Tasso. *La Gerusalemme Liberata.* Cantos i, ii. With Introduction and Notes, by the same Editor. . . . . [Extra fcap. 8vo. 2*s*. 6*d*.

GERMAN, etc.

Buchheim. *Modern German Reader.* A Graduated Collection of Extracts in Prose and Poetry from Modern German writers. Edited by C. A. BUCHHEIM, Phil. Doc.

Part I. With English Notes, a Grammatical Appendix, and a complete Vocabulary. *Fourth Edition.* . . . . . [Extra fcap. 8vo. 2*s.* 6*d.*

Part II. With English Notes and an Index. . [Extra fcap. 8vo. 2*s.* 6*d.*

Part III. In Preparation.

Lange. *The Germans at Home;* a Practical Introduction to German Conversation, with an Appendix containing the Essentials of German Grammar. By HERMANN LANGE. *Third Edition.* . . . . . . [8vo. 2*s.* 6*d.*

——— *The German Manual;* a German Grammar, a Reading Book, and a Handbook of German Conversation. By the same Author. [8vo. 7*s.* 6*d.*

——— *A Grammar of the German Language,* being a reprint of the Grammar contained in *The German Manual.* By the same Author. [8vo. 3*s.* 6*d.*

——— *German Composition;* a Theoretical and Practical Guide to the Art of Translating English Prose into German. By the same Author *Second Edition* . . . . [8vo. 4*s.* 6*d.*

[*A Key in Preparation.*]

——— *German Spelling:* A Synopsis of the Changes which it has undergone through the Government Regulations of 1880 [*Paper cover,* 6*d.*

Becker's Friedrich der Grosse. With an Historical Sketch of the Rise of Prussia and of the Times of Frederick the Great. With Map. Edited by C. A. BUCHHEIM, Phil. Doc. . . . . [Extra fcap. 8vo. 3*s.* 6*d.*

Chamisso's Peter Schlemihl. Edited by EMMA S. BUCHHEIM. [Extra fcap. 8vo. 2*s.*

Goethe. *Egmont.* With a Life of Goethe, etc. Edited by C. A. BUCHHEIM, Phil. Doc. *Third Edition.* . . . . [Extra fcap. 8vo. 3*s.*

——— *Iphigenie auf Tauris.* A Drama. With a Critical Introduction and Notes. Edited by C. A. BUCHHEIM, Phil. Doc. *Third Edition.* [Extra fcap. 8vo. 3*s.*

Heine's *Harzreise.* With a Life of Heine, etc. Edited by C. A. BUCHHEIM, Phil. Doc. [Extra fcap. 8vo. *stiff covers,* 1*s.* 6*d.* *cloth,* 2*s.* 6*d.*

——— *Prosa,* being Selections from his Prose Works. Edited with English Notes, etc., by C. A. BUCHHEIM, Phil. Doc. [Extra fcap. 8vo. 4*s.* 6*d.*

Lessing. *Laokoon.* With Introduction, Notes, etc. By A. HAMANN, Phil. Doc., M.A. . . . . [Extra fcap. 8vo. 4*s.* 6*d.*

——— *Minna von Barnhelm.* A Comedy. With a Life of Lessing, Critical Analysis, Complete Commentary, etc. Edited by C. A. BUCHHEIM, Phil. Doc. *Fifth Edition.* . . . . . [Extra fcap. 8vo. 3*s.* 6*d.*

——— *Nathan der Weise.* With English Notes, etc. Edited by C. A. BUCHHEIM, Phil. Doc. *Second Edition.* [Extra fcap. 8vo. 4*s.* 6*d.*

Niebuhr's *Griechische Heroen-Geschichten.* Tales of Greek Heroes. Edited with English Notes and a Vocabulary, by Emma S. Buchheim.

Edition A. Text in German Type. } [Extra fcap. 8vo. *stiff*, 1*s*. 6*d*.,
Edition B. Text in Roman Type. } *cloth* 2*s*.

Schiller's *Historische Skizzen:—Egmonts Leben und Tod,* and *Belagerung von Antwerpen.* Edited by C. A. Buchheim, Phil. Doc. *Third Edition, Revised and Enlarged, with a Map.* . [Extra fcap. 8vo. 2*s*. 6*d*.

——— *Wilhelm Tell.* With a Life of Schiller; an Historical and Critical Introduction, Arguments, a Complete Commentary, and Map. Edited by C. A. Buchheim, Phil. Doc. *Sixth Edition.* . [Extra fcap. 8vo. 3*s*. 6*d*.

——— *Wilhelm Tell.* Edited by C. A. Buchheim, Phil. Doc. *School Edition.* With Map. . . . . . . [Extra fcap. 8vo. 2*s*.

——— *Wilhelm Tell.* Translated into English Verse by E. Massie, M.A. . . . . [Extra fcap. 8vo. 5*s*.

——— *Die Jungfrau von Orleans.* Edited by C. A. Buchheim, Phil. Doc. [*In the Press.*]

Scherer. *A History of German Literature.* By W. Scherer. Translated from the Third German Edition by Mrs. F. C. Conybeare. Edited by F. Max Müller. 2 vols. . . . . [8vo. 21*s*.

Max Müller. *The German Classics from the Fourth to the Nineteenth Century.* With Biographical Notices, Translations into Modern German, and Notes, by F. Max Müller, M.A. A New edition, revised, enlarged, and adapted to Wilhelm Scherer's *History of German Literature*, by F. Lichtenstein. 2 vols. . . . . [Crown 8vo. 21*s*.

Wright. *An Old High German Primer.* With Grammar, Notes, and Glossary. By Joseph Wright, Ph. D. . . [Extra fcap. 8vo. 3*s*. 6*d*.

——— *A Middle High German Primer.* With Grammar, Notes, and Glossary. By Joseph Wright, Ph. D. . . [Extra fcap. 8vo. 3*s*. 6*d*.

Skeat. *The Gospel of St. Mark in Gothic.* Edited by W. W. Skeat, Litt. D. . . . . [Extra fcap. 8vo. 4*s*.

Sweet. An Icelandic Primer, with Grammar, Notes, and Glossary. By Henry Sweet, M.A. . . . . . . [Extra fcap. 8vo. 3*s*. 6*d*.

Vigfusson and Powell. *An Icelandic Prose Reader*, with Notes, Grammar, and Glossary. By Gudbrand Vigfusson, M.A., and F. York Powell, M.A. . . . . [Extra fcap. 8vo. 10*s*. 6*d*.

London: HENRY FROWDE,
Oxford University Press Warehouse, Amen Corner.
Edinburgh: 12 Frederick Street.
Oxford: Clarendon Press Depository,
116 High Street.

www.ingramcontent.com/pod-product-compliance
Lightning Source LLC
Chambersburg PA
CBHW020008030726
47500CB00002B/494

9783337392031